我的第一本
義大利語課本

全MP3一次下載

http://booknews.com.tw/mp3/9789864542994.htm

序言

你曾在公演或演唱會等場合大聲喊出 Bravo 嗎？或者是在咖啡廳點過卡布奇諾（cappuccino）嗎？像是這些早已深入我們生活當中的詞彙，原來是來自於義大利，這個遠從羅馬帝國到中世紀漫長歲月期間，孕育出眾多藝術作品之浪漫國度所使用的語言。義大利對我們來說雖然看似很遙遠，但每當談及音樂劇或歌劇、咖啡的種類，甚至是汽車或家電產品的品牌名稱，相關詞彙往往離不開義大利語，可說是早已成為我們生活的一部分。

將義大利語當作母語的使用者不僅只在義大利，包含瑞士等鄰近國家和海外的僑胞在內，約有 7 千萬人口使用義大利語。直到 16 世紀西方主流文明形成以前，義大利語是西歐知識分子所使用的國際語言。如今，計畫去義大利旅行或是為了主修聲樂、建築、時尚而踏上留學之路的人數，每年都在增加，由此可見義大利語作為第二外語獲得了相當高的人氣。

本書的編排主要是讓第一次接觸義大利語的學習者，能輕鬆地從字母開始學習義大利語。每課以一目瞭然的方式詳細說明文法重點，並收錄當地使用的實用會話、必備單字以及各情況中會使用的表達。本教材尤其根據在當地旅行或是與義大利人見面時可能會遇到的情境，花了不少時間精力整理出最生動的表達方式和例句。另外，為了能讓讀者理解當地文化，本書也放了有趣的文化篇。筆者認為，在學習這個語言的同時，還能熟悉義大利文化，便可更加透徹地把義大利語學好。

最後，筆者想要向撰寫本書期間，提供許多協助的貴人表示感謝。尤其想向從本書企劃開始直到出版的整個過程中，一同陪伴並不吝給予建議的韓次長，以及不厭其煩重複數十次反覆閱讀原稿，讓作品完成度提高的朴科長致謝。另外，筆者真心感謝負責校稿，將本書的錯誤降到最低的盧先生、將本書的義大利語表達提升至最自然道地的程度並提供建議的 Fabio Pezzarini 老師，以及以無比耐心反覆進行修正校對的設計團隊。

希望各位讀者能夠透過本書打破義大利語這一道語言的高牆，實現自己的目標。

崔禎倫

本書使用説明

課前準備

在課前準備部分,透過字母表及重音的說明,搭配音檔,讓讀者能夠正確唸出義大利語發音。另外,此部分也介紹關於名詞和形容詞的陰陽性及單複數的基本知識,有助於讀者在進入正課以前先熟悉義大利語。

正課 第1-20課

● 主要句型 & 文法

介紹並說明每課所出現的文法和相關語句。透過頁面上方的核心語句與插圖,讓讀者一眼掌握要學習的內容。每課左頁的主要句型&文法是針對每課對話①的文法及語句做說明,右頁則是針對對話②的做說明。

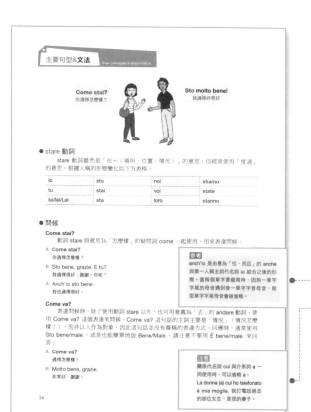

參考 為了補充說明或是提供資訊。

注意 再次確認可能會引起混淆的內容。

3

● 對話

　　由對話①及對話②所構成。實際應用之前介紹的主要句型及文法，呈現在現實生活中可能會遇到的各種情境，提供讀者提升會話能力的機會。

翻譯 將各課的對話內容翻譯為中文，有助於讀者了解內容。

參考 提供有助於理解對話內容的參考內容。

生字及表達 將對話內容中新出現的單字及表達連同中文的意思整理在一起。

對話Tip 針對對話內容中出現的重點句型或表達加以補充說明。

● 補充單字

　　將每課出現的內容和相關單字分門別類，並與插圖一起呈現，幫助擴充讀者的詞彙量。

縮寫標記 m. 陽性 f. 陰性

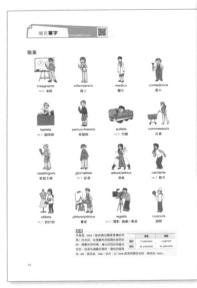

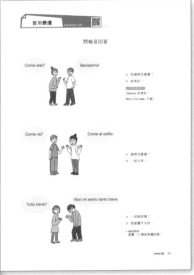

● 實用表達

　　透過各種多樣化的情境，熟悉在真實生活中能夠實際使用的義大利語表達。

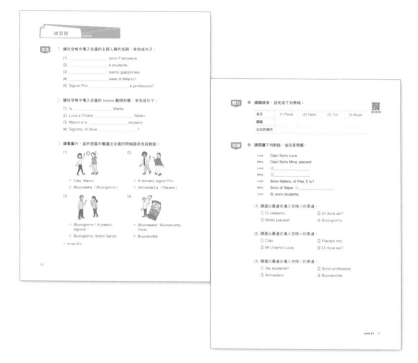

● 練習題

　　共分為文法、聽力、閱讀練習三部分。透過多元化題型的相關練習來複習文法內容，在聽力練習的部分，透過聽取內容來培養掌握聽懂內容的能力。聽力練習的內容會各播放兩次。最後，透過內容多元的閱讀練習，能夠提升閱讀能力及詞彙量。

皮埃蒙特 (Piemonte)

● Inside 義大利文化篇

　　讓讀者休息一下的環節，介紹義大利的社會、文化和風俗習慣。

目錄

附錄

標題		主要句型 & 文法	對話①
課前準備		• 字母（Alfabeto）與發音 • 重音（Accento） • 名詞的陰陽性 • 形容詞的陰陽性 • 名詞和形容詞的單複數 • 不規則名詞的單複數	
1	Buongiorno!	• 主詞人稱代名詞 • essere動詞 • 義大利語的句子結構 • Di dove sei?	問候
2	Come stai?	• stare 動詞 • 問候 • avere 動詞	親友之間的問候
3	Come ti chiami?	• chiamarsi動詞：名字是～ • Com'è? • 不定冠詞 & 定冠詞	自我介紹
4	Che cos'è questo?	• 指示詞 • 所有格	詢問物品歸屬
5	Dov'è il mio portafoglio?	• esserci 動詞：有～ • 介系詞與定冠詞的合併 • 疑問詞 dove • 位置副詞與介系詞片語	詢問物品的位置
6	Che ore sono?	• 數字 • 詢問與回答時間幾點 • 日期與星期	詢問時間幾點
7	Parla italiano?	• 直陳式現在時規則動詞：-are, -ere, -ire • 句型 Da quanto tempo ~? • 反身動詞 • 句型 A che ora ~?	談論會說的語言
8	Che cosa fai nel tempo libero?	• fare 動詞 • 頻率副詞 • 現在進行式 • 表達天氣	詢問興趣
9	Posso entrare?	• 助動詞 • 與介系詞一起使用的動詞 • 直接受詞代名詞 • 比較 conoscere 動詞與 sapere 動詞	反映問題

對話②	補充單字	實用表達	Inside 義大利文化
談論出身	• 出生地及身分	問候語	義大利人的打招呼方式
需要尊稱的問候	• 職業	問候及回答	「義大利」的由來
詢問某人的事	• 表達心情、個性、外表的形容詞	常見的日常用語	義大利的首都
詢問人物的關係	• 家族關係	日常生活常用的祝福語	義大利豐富的文化遺產
詢問場所位置	• 家的構造 • 家具與家電	表達位置	義大利人生活的一部分－咖啡
詢問生日幾月幾號	• 表達時間的單字 • 季節	與時間相關的表達	人人有書讀！義大利的教育制度
談論一天的作息	• -are動詞	表達一天的作息	義大利人是用手說話的！
談論天氣	• 興趣 • 運動	與天氣相關的表達	消除一整天疲勞的開胃酒
請求協助	• -ere 動詞 • -ire 動詞	接受或拒絕提議的表達	文藝復興的起源地－義大利

課程大綱

	標題	主要句型 & 文法	對話①
10	**Mi piace il gelato.**	● 間接受詞代名詞 ● piacere 動詞 ● 兩個受詞代名詞的情況 ● potere, sapere, riuscire 的差異比較	詢問食物的喜好
11	**Ti va di venire al cinema?**	● andare, venire 動詞 ● 詢問與回答交通工具方式 ● 詢問所需時間	邀約
12	**Che cosa preferisce?**	● 比較級 ● 最高級 ● 表達偏好	購買食材
13	**Cosa ha fatto ieri?**	● 過去分詞 ● 時態助動詞 essere/avere ● 近過去時（passato prossimo） ● 場所副詞 ci	談論假期
14	**Da piccolo ero timido.**	● 未完成時（imperfetto） ● 近過去時 vs 未完成時	談論小時候的事
15	**Partirò per le vacanze.**	● 簡單未來時（futuro semplice） ● 簡單未來時的用法 ● 先將來時（futuro anteriore）	詢問休假計畫
16	**Abbi coraggio!**	● 肯定命令式 ● 否定命令式 ● 代名詞在命令式中的位置	醫院看診
17	**È quello che cercavo!**	● 關係代名詞 che, cui, chi ● 不定形容詞／不定代名詞 ● 表達主觀想法	方向指引
18	**Se farà bel tempo...**	● 近愈過去時（trapassato prossimo） ● 過去進行式 ● 與事實相符的假設 ● 序數	描述做過的事情②
19	**Vorrei un cappuccino, per favore.**	● 條件式現在時 ● 條件式過去時 ● ne 代名詞	在咖啡廳點餐
20	**È necessario fare sport.**	● 被動語態 ● 使用 si 的被動語態 ● 非人稱語法	詢問葡萄酒產地

對話②	補充單字	實用表達	Inside 義大利文化
打電話	• 水果 • 蔬菜	電話用語	歌劇的誕生地－義大利
詢問交通工具所需時間	• 交通工具	搭乘交通工具時的表達	義大利的交通工具
購買衣服	• 衣服 • 樣式與材質 • 顏色	購物時使用的表達	義大利特色慶典 1
談論一整天如何度過	• 旅行①	在機場	義大利特色慶典 2
描述做過的事情①	• 常見的形容詞	表達情緒	讓文藝復興開花結果 的麥地奇家族
談論未來計畫	• 旅行②	約定時間	藍色小精靈居住的蘑菇 村－阿爾貝羅貝洛
去藥局買藥	• 身體部位 • 醫療	在醫院、藥局使用的表達	人人平等的義大利醫療保障 制度
找房子	• 道路	問路	全世界最小的國家「梵蒂 岡」
談論竊盜事件	• 機關場所名稱	緊急狀況發生時	義大利的國民運動－足球
在餐廳點餐	• 餐具擺設	點餐與結帳	義大利必嚐的在地美食
詢問飯店服務	• 容量的表達	有趣的慣用語	擁有 3 千年歷史的義大利葡 萄酒

人物介紹

米娜 Mina

在義大利比薩留學的台灣留學生。

盧卡 Luca

大學生，米娜的朋友，喜歡運動，是個活潑好動的義大利人。

蘇菲亞 Sofia

時尚設計師，盧卡的姐姐，是個素食主義者。

保羅 Paulo

活潑、陽光，是來自阿根廷的交換學生。

伊莉莎貝塔 Elisabetta

米娜就讀學校的義大利語老師。

馬可 Marco

盧卡的朋友，是個對運動不感興趣的義大利人。

瑪塔法拉利 Marta Ferrari, 安東尼奧孔特 Antonio Conte

住在盧卡與保羅家隔壁的夫婦

課前
準備

現在開始
一起來學習
義大利語吧！

1 字母

義大利文字母由 16 個子音和 5 個母音，總共 21 個字母組成。英語中的 5 個字母（J、K、W、X、Y）並不包含在義大利語中，但是會用來標記其他外語的專有名詞以及外來語。義大利語的發音相對較為單純，按照字面上直接讀就行了。

00_1

	字母名稱
A a	a
B b	bi
C c	ci
D d	di
E e	e
F f	effe
G g	gi
H h	acca
I i	i
L l	elle
M m	emme
N n	enne
O o	o
P p	pi

	字母名稱
Q q	cu
R r	erre
S s	esse
T t	ti
U u	u
V v	vu
Z z	zeta

● 在外來語中使用的字母

	字母名稱
J j	i lunga
K k	cappa
W w	doppia vu
X x	ics
Y y	ipsilon

❷ 母音與子音的發音

① 母音：有 a, e, i, o, u 這 5 個發音，分別發成類似注音符號 [ㄚ]、[ㄟ]、[一]、[ㄛ]、[ㄨ] 的音。

00_2

	發音	例子	
A a	[a]	amore 愛	armonia 調和
E e	[e]	euro 歐元	emozione 感情
I i	[i]	idea 想法	isola 島嶼
O o	[o]	occhio 眼睛	ora 時間
U u	[u]	uovo 雞蛋	uomo 人

② 子音

00_3

	發音	例子	
B b	[b]	barba 鬍子	gamba 腿
C c	[k]	Corea 韓國	carattere 個性
	[tʃ]	cielo 天空	centro 市區
D d	[d]	medico 醫生	data 日期
F f	[f]	farmacia 藥局	caffè 咖啡
G g	[g]	gallo 雞	agosto 八月
	[dʒ]	genere 種類	pagina 頁數
H h	∅（不發音）	ho 有（動詞 avere 第一人稱單數變化） hai 有（動詞 avere 第二人稱單數變化）	
L l	[l]	giornale 報紙	luce 光

	發音	例子	
M m	[m]	mondo 世界	camera 房間
N n	[n]	numero 數字	novità 消息
P p	[p]	parco 公園	pane 麵包
Q q	[k]	quaderno 筆記本	quattro 數字 4
R r	[r]	rosa 玫瑰	corsa 跑步
S s	[s]	studente 學生	stella 星星
T t	[t]	tavolo 桌子	treno 火車
V v	[v]	nave 船	valore 價值
Z z	[dz]/[tʃ]	zaino 背包	stazione 車站

參考
z 的發音 [tʃ] 是介於類似 [ㄘ] 和 [ㄗ] 之間的發音。
實際發音請聽音檔。

● 根據結合的母音不同，c 的發音也會有所不同。c 與母音 a、o、u 結合的時候，發出類似 [k] 的發音；與 e、i 結合時發出類似 [tʃ] 的發音。不過若是在 c 和 e（或 i）之間若添加 h 的時候，發音則與前者相同，發出類似 [k] 的發音。

00_4

	發音	例子	
c + a, o, u	ca [ka] co [ko] cu [ku]	casa 房子	cuoco 廚師
c + e, i	ce [tʃe] ci [tʃi]	cena 晚餐	cucina 廚房
c + h + e, i	che [ke] chi [ki]	che 什麼	chi 誰

● g 與母音 a、o、u 結合時，其發音會與 e、i 結合時的發音不同。g 與 a、o、u 結合時，發出類似 [g] 的發音；與 e、i 結合時，發出類似 [dʒ] 的發音。不過當 g 和 e（或i）之間若添加 h 的時候，發音便會與前者相同，發 [g] 的發音。

● 另外，g 後面出現子音 l 或 n 時，因受子音發音的影響，gli 會發成類似「li」；「gn +母音」發成類似英文單字 canyon 中的「ny」音，搭配母音分別唸成類似「nya」、「nye」、「nyi」、「nyo」、「nyu」的發音。另外，若 g 之後接的是 u，並且與母音 a、e、i 結合時，雙母音會連音，並發為 [gwa]、[gwe]、[gwi]。

	發音	例子
g + a, o, u	ga [ga]　go [go]　gu [gu]	**ga**ra 比賽　　**gu**sto 味道
g + e, i	ge [dʒe]　gi [dʒi]	**ge**lato 冰淇淋　　**gi**ro 一圈，一周
g + h + e, i	ghe [ge]　ghi [gi]	**ghe**pardo 獵豹　　**ghi**accio 冰塊
gu + a, e, i	gua [gwa]　gue [gwe]　gui [gwi]	lin**gua** 語言　　**gui**da 引導
gi + a, e, o, u	gia [dʒia]　gie [dʒie]　gio [dʒio]　giu [dʒiu]	**gio**vane 青年　　**giu**sto 正確的
gn + a, e, i, o, u	gna [nya]　gne [nye]　gni [nyi]　gno [nyo]　gnu [nyu]	campa**gna** 鄉下　ba**gno** 浴室
gl + i	gli [li]	fi**gli**o 兒子　　a**gli**o 大蒜

注意

當 gi 後面接續母音時，會連音的情況（如上面的例子）**僅限於重音不在 i 上時**。反之，像是magia [ma-dʒi-a]（*f.* 魔法）這樣，重音在 i 上的單字則不連音，而是一個音節一個音節準確地發音。

● 在 s 與 c 結合的狀態下，如果後面出現母音 a、o、u，便會發出類似英文單字 school 中「sch」的 [sk] 音。但如果後面是母音 e、i 的時候，分別會發出類似 ʃ 的音。不過，當 sc 和母音 e、i 之間添加 h 的時候，便會發出與前者相同的 [sk] 音。

00_6

	發音	例子	
sc + a, o, u	sca [ska]　sco [sko]　scu [sku]	scatola 箱子	fresco 新鮮的
sc + e, i	sce [ʃe]　sci [ʃi]	pesce 魚	piscina 游泳池
sc + h + e, i	sche [ske]　schi [ski]	scheda 卡片	maschio 男性
sci + a, e, o, u	scia [ʃia]　scie [ʃie]　scio [ʃio]　sciu [ʃiu]	coscia 大腿	sciopero 罷工

注意
當 sci 後面接續母音時，會連音的情況（如上面的例子）**僅限於重音不在 i 上時**。反之，像是 sciare [ʃi-a-re]（滑雪）這樣，重音在 i 上的單字則不連音，而是一個音節一個音節準確地發音。

00_7

2. 重音（ACCENTO）

　　義大利語的每個單字都有固定的重音。重音不僅是在發音，而且在區分同音異義的單字時，也扮演著非常重要的角色。然而，並沒有明確規範重音位置的基準。

● **一般在拼字上不會標示重音，但是若重音落到最後一個音節時，就會在拼字上標記重音的記號（ ` 或 ´ ）。**

università 大學	verità 真相	perché 因為

參考
義大利語的重音中有開口音重音（ ` ）以及閉口音重音（ ´ ）。開口音重音的單字有 cioè、città（城市）等；閉口音重音的單字有 perché（因為）和 benché（雖然~還是）等。閉口音重音的單字非常少使用，大部分使用開口音重音的單字。

❷ 大部分單字的重音落在倒數第二個母音上。

ragazzo 少年   parola 單字   francobollo 郵票

❸ 部分單字的重音落在倒數第三個母音上。

macchina 汽車   giovane 青年   tavola 餐桌

sabato 星期六   invisibile 看不見的

❹ 若為第 3 人稱複數的動詞變化，重音落在倒數第四個母音上。

dimenticano 忘記   desiderano 希望，想要   abitano 居住

3. 名詞的陰陽性

　　義大利語的名詞分為陽性及陰性、單數及複數形態，且主要是透過語尾變化，來表達這些形態。

❶ 以 -o 和子音結尾的大部分單字，皆為陽性名詞。

libro *m.* 書   treno *m.* 火車   bar *m.* 酒吧，咖啡廳

❷ 以 -a 結尾的大部分單字，皆為陰性名詞。

scuola *f.* 學校   casa *f.* 家   parola *f.* 文字

❸ 以 -e 結尾的大部分單字，可能是陽性名詞，也可能是陰性名詞。

fiore *m.* 花   pesce *m.* 魚

chiave *f.* 鑰匙   stagione *f.* 季節

❹ 若是原本就帶有自然性別的名詞，可以透過以下規則將陽性名詞變化為陰性名詞。

① 將陽性名詞的最後一個母音 -o 改為 -a。

figlio 兒子	→	figlia 女兒
cuoco 廚師（男）	→	cuoca 廚師（女）

② 除了基本的規則（將陽性名詞字尾的母音 -o 改為 -a 來轉為陰性名詞）之外，還有其他幾個原則，主要是關於職業的名詞。

● 將陽性名詞字尾的 -tore 改為 -trice。

scrittore 作家（男）	→	scrittrice 作家（女）
attore 演員（男）	→	attrice 演員（女）

● 將陽性名詞字尾的 e 改為 -essa。

professore 教授（男）	→	professoressa 教授（女）
studente 學生（男）	→	studentessa 學生（女）

● 也有陽性名詞與陰性名詞形態完全不一樣的情況。

padre 爸爸	madre 媽媽
re 國王	regina 女王

③ 有部分單字是陰陽同形（男性及女性的拼字一樣），尤其是以 -e 結尾的名詞和以 -ista 結尾的名詞。此時僅能透過名詞前的定冠詞來區分性別。

il cantante 歌手（男）	→	la cantante 歌手（女）
il dentista 牙醫（男）	→	la dentista 牙醫（女）

參考
il 和 la 分別是在陽性及陰性單數名詞前的定冠詞。

4. 形容詞的陰陽性

形容詞一般放在名詞的後面做修飾，並且會隨名詞的性別及數量進行語尾變化。

❶ 在大部分情況下，以 -o 結尾者為陽性；以 -a 結尾則為陰性。

regalo caro 昂貴的禮物	→	macchina cara 昂貴的汽車

❷ 在以 -e 結尾的形容詞中，也存在著陰陽同形的形容詞。在這種情況下，可以同時修飾陽性及陰性的名詞。

studente intelligente 聰明的男學生
studentessa intelligente 聰明的女學生

5. 名詞與形容詞的單複數

當名詞或是形容詞的數量要從**單數形**改變為**複數形**時，須遵循以下規則：

① 以 -o 結尾時，將字尾改為 -i；以 -a 結尾時，將字尾改為 -e。

regalo caro 一個昂貴的禮物	→	regali cari 一些昂貴的禮物
macchina cara 一台昂貴的汽車	→	macchine care 好幾台昂貴的汽車

② 以 -e 結尾時，將字尾改為 -i。

studente intelligente 聰明的男學生
→ studenti intelligenti 聰明的男學生們

lezione interessante 有趣的課
→ lezioni interessanti 一些有趣的課

6. 不規則名詞的單複數

名詞的單複數的轉換，基本的原則是，當陽性單數名詞的語尾是 -o 時，複數語尾就是 -i；當陰性單數名詞語尾是 -a 時，其複數語尾為 -e。不過仍有不少不規則變化的名詞。

① 重音落在最後一個母音的名詞，其單數與複數的形態相同。

città *f.* 都市	caffè *m.* 咖啡	università *f.* 大學

② 除此之外，還有其他各式各樣的不規則名詞。其中要注意的是，即使是同一個單字，但單數形與複數形的性別是不同的情況。

mano *f.* 手（單數）	→	mani *f.* 手（複數）
problema *m.* 問題（單數）	→	problemi *m.* 問題（複數）
dito *m.* 手指（單數）	→	dita *f.* 手指（複數）
uovo *m.* 雞蛋（單數）	→	uova *f.* 雞蛋（複數）
foto *f.* 相片（單數）	→	foto *f.* 相片（複數）

1 請聽下面的單字，注意重音，並試著唸出正確的發音。

(1) uomo

(2) studente

(3) intelligente

(4) Roma

(5) città

(6) sciopero

(7) lezione

(8) macchina

(9) bicicletta

(10) felice

(11) giornale

(12) spaghetti

2 請將以下單字按照陽性、陰性、陰陽同形來分類。

名詞
libro, lezione, tavolo
fiore, madre, letto
dottore

形容詞
interessante, costoso,
buona, felice, nuova

陽性	陰性	陰陽同形

3 請將下列單字變化為複數形。

(1) bontà _____

(2) insegnante _____

(3) casa _____

(4) regalo _____

(5) televisione _____

(6) penna _____

(7) problema _____

(8) mano _____

(9) mondo _____

(10) uovo _____

Buongiorno!

你好！

- 主詞人稱代名詞
- essere 動詞
- 義大利語的句子結構
- Di dove sei?

Io sono Mina. Sono taiwanese.
我是米娜。我是台灣人。

● 主詞人稱代名詞

	單數	複數
第一人稱	io 我	noi 我們
第二人稱	tu 你	voi 你們
第三人稱	lui 他 lei 她 Lei 您（尊稱）	loro 他們

　　義大利語有**尊稱**的表達及**非尊稱**的一般表達，主要會根據說話者與聽者之間的疏親關係、距離感來使用。朋友之間或是關係親密的人之間使用 tu；而在面對初次見面的對象、前輩或職位階級較高者，或是比自己年紀大很多的長輩，則會使用尊稱對方的 Lei。當要稱呼對方時，若關係親密則會直接稱呼對方的名字；若是在正式場合，或是需要尊稱的情況，則會使用 signore, signora/signorina 的稱呼（相當於英文的 Mr., Mrs. / Miss）。

● essere 動詞

　　essere 動詞的意思相當於中文的「是～」，主要用來描述名字、職業、國籍、故鄉、外表、個性等。

io	sono	noi	siamo
tu	sei	voi	siete
lui/lei/Lei	è	loro	sono

Io **sono** Fabio. 我是法比歐。**名字**

Lui **è** simpatico. 他很親切。**個性**

Noi **siamo** coreani. 我們是韓國人。**國籍**

參考
在義大利語中，通常能根據動詞的形態推測出主詞是誰，因此常會省略主詞。但若是出現像第三人稱（lui/lei/Lei）的動詞變化都一樣、會讓人混淆的情況，或是想要強調主詞的情況，則不會省略主詞。

Di dove sei?
你是從哪裡來的？

Sono di Barcellona.
我是從巴塞隆納來的。

● 義大利語的句子結構

　　義大利語的句子結構一般為「主詞＋動詞＋補語」。若為否定句，則在動詞的前面加入否定詞 non。若為疑問句，則在不改變語序的情況下，於直述句和否定句的字尾加上問號，句尾的語氣上揚。

直述句 （主詞）＋動詞＋補語		(Io) Sono studente. 我是學生。
否定句 （主詞）＋non＋動詞＋補語		(Io) Non sono studente. 我不是學生。
疑問句 （主詞）＋動詞＋補語？	肯定	A (Tu) Sei studente? 你是學生嗎？ B Sì, sono studente. 是的，我是學生。 C No, non sono studente. 不，我不是學生。
	否定	A Non sei italiano? 你不是義大利人嗎？ B Sì, sono italiano. 是啊，我是義大利人。 C No, non sono italiano. 不，我不是義大利人。

● Di dove sei?

　　Di dove sei? 是詢問對方故鄉的表達方式，並使用「essere + di + 城市名」來回答。若為尊稱（主詞為 Lei）的情況，由於母音衝突，因而會縮寫成為 Di dov'è Lei？的形態。

A **Di dove** sei? 你是從哪裡來的？

B Sono taiwanese, **di Taipei**. 我是台灣人，來自台北。

Buongiorno! Sono Mina.

Sono Paulo.

Mina	Buongiorno! Sono Mina.	米娜	早安！我是米娜。
Paulo	Sono Paulo.	保羅	我是保羅。
Mina	Lei è professore?	米娜	您是老師嗎？
Paulo	No, sono studente.	保羅	不，我是學生。
Elisabetta	Salve, sono Elisabetta e sono professoressa d'italiano.	伊莉莎貝塔	你好，我是伊莉莎貝塔，我是義大利文老師。
Mina	Piacere!	米娜	很高興認識您！
Elisabetta	Piacere mio!	伊莉莎貝塔	我也很高興認識你。

對話 TIP

• piacere 是對初次見面的人表達的問候語，意思是「很高興見到你」。因為這是中性的表達方式，因此在所有情況下都能輕鬆使用。與此相同的表達方式有 molto lieto/a（意思為「很高興～」），是在更正式的場合下使用，且根據說話者的性別，lieto 的語尾也會跟著變化。

生字及表達
professore/ssa 老師，教授
studente/ssa 學生
salve 你好
e ~ 和，還有
italiano/a 義大利語，義大利人

Di dove sei?

Sono taiwanese, di Taipei.

Luca	Ciao, sono Luca. E tu?
Mina	Io sono Mina! Sei italiano?
Luca	Sì, sono di Pisa. Di dove sei?
Mina	Sono taiwanese, di Taipei. Paulo, anche tu sei italiano?
Paulo	No, sono argentino.

盧卡	你好，我是盧卡。你呢？
米娜	我是米娜！你是義大利人嗎？
盧卡	是，我是從比薩來的。你是從哪裡來的？
米娜	我是台灣人，來自台北。保羅，你也是義大利人嗎？
保羅	不，我是阿根廷人。

參考

di 不僅有「從～來」的意思，還有「～的（屬於某人／事物；為其中的一部分）」的意思。

Luigi è un amico di Marta.
路易吉是瑪塔的朋友。

對話 **TIP**

- 國籍的陽性語尾為 -o；陰性語尾為 -a。至於語尾為 -e 的國籍單字，其陽性形態和陰性形態相同。
  Fabio è italiano. 保羅是義大利人。
  Mina è coreana. 米娜是韓國人。
  Sabrina è francese. 莎賓娜是法國人。

生字及表達

ciao 你好
E tu? 你呢？
di ～的；從～（來）
Pisa 比薩（城市）
dove 哪裡
taiwanese 台灣人
anche 也，而且
argentino/a 阿根廷人

出生地及身分

亞洲	Cina	*f.*中國	cinese	*m.f.*中國人
	Corea	*f.*韓國	coreano/a	韓國人
	Giappone	*m.*日本	giapponese	*m.f.*日本人
	Taiwan	台灣	taiwanese	*m.f.*台灣人
歐洲	Francia	*f.*法國	francese	*m.f.*法國人
	Germania	*f.*德國	tedesco/a	德國人
	Inghilterra	*f.*英國	inglese	*m.f.*英國人
	Italia	*f.*義大利	italiano/a	義大利人
	Portogallo	*m.*葡萄牙	portoghese	*m.f.*葡萄牙人
	Spagna	*f.*西班牙	spagnolo/a	西班牙人
美洲	America	*f.*美國	americano/a	美國人
	Brasile	*m.*巴西	brasiliano/a	巴西人
	Messico	*m.*墨西哥	messicano/a	墨西哥人
大洋洲	Australia	*f.*澳洲	australiano/a	澳洲人
	Nuova Zelanda	*f.*紐西蘭	neozelandese	*m.f.*紐西蘭人
非洲	Egitto	*m.*埃及	egiziano/a	埃及人
	Marocco	*m.*摩洛哥	marocchino/a	摩洛哥人

參考
表示國籍身分的陽性單字，也可表示該國家語言的意思。（如 coreano 有「韓語」的意思）

問候語

見面時

Ciao!　　　　Ciao!

A 嗨！

B 嗨！

Buongiorno!　　　　Salve!

A 你好！（上午用的問候語）

B 你好！

A 的其他表達方法

Buonasera. 你好！
（下午＆傍晚用的問候語）

參考
在深夜或是睡前使用的問候語為
Buonanotte（晚安）

道別時

A presto.

Ci vediamo.

Arrivederci.

A 再見啦。（朋友之間）

B 後會有期。

C 再見。（不熟的人之間，或
　是面對前輩）

參考
道別時，有個尊敬的表達方式為
arrivederLa。

文法

1 請在空格中填入合適的主詞人稱代名詞，來完成句子。

(1) _____ sono Francesca.

(2) _____ è studente.

(3) _____ siamo giapponesi.

(4) _____ siete di Milano?

(5) Signor Pini, _____ è professore?

2 請在空格中填入合適的 essere 動詞形態，來完成句子。

(1) Io _____ Marta.

(2) Luca e Chiara _____ italiani.

(3) Mauro e io _____ studenti.

(4) Signora, di dove _____?

3 請看圖片，並於括弧中圈選出合適的問候語來完成對話。

(1)

A Ciao, Marco.

B (Buonasera. / Buongiorno.)

(2)

A A domani, signor Pini.

B (ArrivederLa. / Piacere.)

(3)

A (Buongiorno / A presto),
　　signora.

B Buongiorno, dottor Sandri.

★ domani 明天

(4)

A (Buonasera / Buonanotte),
　　Tonio.

B Buonanotte!

● 請聽錄音，並完成下列表格。

名字	(1) Paulo	(2) Fabio	(3) Yuri	(4) Bryan
國籍				
出生的城市				

閱讀 ● 請閱讀下列對話，並回答問題。

Luca	Ciao! Sono Luca.
Mina	Ciao! Sono Mina, piacere!
Luca	ⓐ_____
Mina	ⓑ_____
Luca	Sono italiano, di Pisa. E tu?
Mina	Sono di Taipei. ⓒ_____
Luca	Sì, sono studente.

(1) 請選出最適合填入空格ⓐ的表達。

① Ci vediamo.   ② Di dove sei?

③ Molto piacere!   ④ Buongiorno.

(2) 請選出最適合填入空格ⓑ的表達。

① Ciao.   ② Piacere mio.

③ Mi chiamo Lucia.   ④ Di dove sei?

(3) 請選出最適合填入空格ⓒ的表達。

① Sei studente?   ② Sono professore.

③ Arrivederci.   ④ Buonanotte.

義大利人的打招呼方式

在義大利，與某人見面完之後準備道別時，會一邊說著問候語，一邊親吻對方的雙頰（Due baci）來表達親友間的親密。不過若是初次見面或是公事上的關係，則主要會握手；若為親友關係，即便是男性之間，互相親吻臉頰也完全不會奇怪。至於在義大利打招呼時會用哪些問候語呢，以下我們來好好了解一下。

最具代表性的問候語，是親密關係之間會互相使用的 Ciao，且不受時間限制，隨時都能使用。Ciao 源自威尼斯語 sciao，意思是『我是你的奴隸』。與 Ciao 相似的問候語是 Salve。Salve 源自於拉丁文 salvus，在過去是作為祈求健康的詞語，如今是用在關係上沒那麼親近、但也不需要使用尊稱時所使用的問候語。也就是說，這是在關係上有一定的距離感、且仍需要保持基本禮貌的人之間會使用的表達方式。與 Ciao 一樣，Salve 也是在一天中任何時段皆能夠使用的問候語，但僅限於在見到面時才使用。

除此之外，還有根據不同時間所使用的問候語。上午時會用 Buongiorno 來打招呼；從下午晚一點的時間，大約從 4 點開始使用晚上的問候語 Buonasera。但是部分城市從下午 1 點開始使用這個問候語。然後，在深夜或睡前使用的問候語是 Buonanotte。道別時使用的問候語有 Arrivederci（再見、再會、請保重）或 ArrivederLa（再會、請保重）和 Ci vediamo（再見）、A presto（下次見）等。此外還有 Addio 是暗示無限期離別的道別，也因此，這是平時不太使用的問候語。

Due baci

Come stai?

你過得怎麼樣？

- stare 動詞
- 問候
- avere 動詞

Come stai?
你過得怎麼樣？

Sto molto bene!
我過得非常好

● stare 動詞

　　stare 動詞雖然是「在～（場所、位置、情況）」的意思，但經常使用「度過」的意思。根據人稱的形態變化如下方表格。

io	sto	noi	stiamo
tu	stai	voi	state
lui/lei/Lei	sta	loro	stanno

● 問候

Come stai?
　　動詞 stare 與意思為「怎麼樣」的疑問詞 come 一起使用，用來表達問候。

A　**Come stai?**
　　你過得怎麼樣？

B　Sto bene, grazie. E tu?
　　我過得很好，謝謝。你呢？

A　Anch'io sto bene.
　　我也過得很好。

> **參考**
> anch'io 是由意為「也，而且」的 anche 與第一人稱主詞代名詞 io 結合之後的形態。當兩個單字要縮寫時，因前一單字字尾的母音遇到後一單字字首母音，前面單字字尾母音會被省略。

Come va?
　　表達問候時，除了使用動詞 stare 以外，也可用意義為「去」的 andare 動詞，使用 Come va? 這個表達來問候。Come va? 這句話的主詞主要是「情況」（情況怎麼樣？），而非以人作為對象，因此這句話並沒有尊稱的表達方式。回應時，通常使用 Sto bene/male.，或是也能簡單地說 Bene/Male.。請注意不要用 È bene/male. 來回答。

A　**Come va?**
　　過得怎麼樣？

B　Molto bene, grazie.
　　非常好，謝謝。

Ho sonno.
我很睏。

Ho fame.
我很餓。

● avere 動詞

avere 動詞的意思是「有～」，根據人稱變化如下方表格。發音時，h 不發音。

io	ho	noi	abbiamo
tu	hai	voi	avete
lui/lei/Lei	ha	loro	hanno

可以用 avere 動詞表達「擁有、年齡」及「狀態」。

擁有	Giulia **ha** una macchina. 茱莉亞有一台車。 **Avete** il giornale? 你們有報紙嗎？
年齡	A Quanti anni **hai**? 　你幾歲？ B **Ho** ventidue anni. 　我 22 歲。
狀態	**Ho** paura. 我很害怕。 **Ha** caldo? 您很熱嗎？ **Abbiamo** fame. 我們很餓。 **Ho** mal di testa. 我頭很痛。

Sto molto bene, e tu?

Ciao! Luca. Come stai?

Mina	Ciao! Luca. Come stai?
Luca	Sto molto bene, e tu?
Mina	In questi giorni sto così così.
Luca	Come mai?
Mina	Ho il raffreddore.
Luca	Ah, mi dispiace.

米娜	你好！盧卡。你過得怎麼樣？
盧卡	我過得很好，你呢？
米娜	我最近過得還好。
盧卡	怎麼了？
米娜	我感冒了。
盧卡	啊，真是糟糕。（聽到這消息感到抱歉）

參考

Come mai? 的意思是「怎麼會？」、「為什麼？」，用來詢問原因。雖然與 Perché 在意義上沒有差異，但嚴格來說，可以說是含有驚訝、訝異的表達方式。

對話 TIP

- 意思為「擁有」的 avere 動詞，主要用來表達疾病、疼痛的症狀，或是身體部位的疼痛。

  avere mal di ＋身體部位：～很痛

  Ho male di gola/denti/pancia/schiena/testa. 我喉嚨／牙齒／肚子／腰／頭很痛。

  avere ＋症狀名詞

  Ho la febbre./il raffreddore./la tosse. 我發燒／感冒／咳嗽了。

- mi dispiace 用於表達遺憾、惋惜或難過。是對於對方的情感或狀況所表現出同情及同感的表達方式。

  A Ho un terribile mal di testa. 我頭痛得很厲害。

  B Mi dispiace! 真是糟糕！

生字及表達

molto 非常

in questi giorni 最近

raffreddore *m.*感冒

Che cosa hai?

Sono molto preoccupato.

Luca	Buongiorno, professoressa. Come sta?
Elisabetta	Sto bene, e tu come va?
Luca	Insomma...
Elisabetta	Che cosa hai?
Luca	Sono molto preoccupato, perché domani ho un esame.
Elisabetta	Forza! Tu sei bravo.
Luca	Grazie. ArrivederLa.

盧卡	老師您好。您過得怎麼樣？
伊莉莎貝塔	我過得很好，你過得怎麼樣呢？
盧卡	還好…。
伊莉莎貝塔	是有什麼事嗎？
盧卡	我非常擔心，因為明天有一個考試。
伊莉莎貝塔	加油！你很優秀的。
盧卡	謝謝。再見。

對話 TIP

- 問對方發生了什麼事的時候，可以使用 Che cosa ha? 或是 Che c'è? 來表達。意思是「有什麼事嗎？」、「怎麼了？」。

  A Che cosa ha? 有什麼事嗎？
  B Ho mal di denti. 我牙齒很痛。

- Forza! 是幫某人加油打氣時使用的表達方式。與此類似的表達有 Dai!。

生字及表達

insomma 還好
preoccupato/a 擔心的
perché 因為；為什麼
un （不定冠詞）一個
bravo/a 優秀的
Grazie. 謝謝。

職業

insegnante
m.f. 老師

infermiere/a
護士

medico
醫生

contadino/a
農夫

barista
m.f. 咖啡師

parrucchiere/a
美髮師

autista
m.f. 司機

commesso/a
店員

casalingo/a
家庭主夫／婦

giornalista
m.f. 記者

attore/attrice
演員

cantante
m.f. 歌手

stilista
m.f. 設計師

pittore/pittrice
畫家

regista
m.f. （電影、戲劇）導演

cuoco/a
廚師

參考

字尾是 -ista（能表達出職業意義的字尾）的名詞，在單數時其陰陽性是同形的。單數形的時候，會以定冠詞來區分性別。但是在複數形態時，陽性的語尾為 -isti；陰性為 -iste。此外，以 -tore 結束的陽性名詞，陰性為 -trice。

	單數	複數
陽性	il pianista	i pianisti
陰性	la pianista	le pianiste

問候及回答

Come stai?　　　Benissimo!

A 你過得怎麼樣？

B 非常好！

`B 的其他表達方式`

Ottimo! 非常好！

Non c'è male. 不錯。

Come va?　　　Come al solito.

A 過得怎麼樣？

B 一如往常。

Non mi sento tanto bene.

Tutto bene?

A 一切都好嗎？

B 我感覺不太好。

▸ sentirsi
　感覺（心情或身體狀態）

文法 1 請在空格中填入合適的 stare 動詞變化形態，來完成句子。

(1) Ciao, come _____ ?

(2) A Come stai? Tutto bene?

   B No, _____ male.

(3) Buonasera signora Franchi, come _____ ?

(4) A Ragazzi, _____ bene?

   B Sì, _____ bene, grazie.

★ ragazzi 孩子們（ragazzo（男孩）的複數形式，當放在句子開頭與逗號（,）一起使用時，會變成「孩子們」的意思）

2 請在空格中填入合適的 avere 動詞形態，來完成句子

(1) Lui _____ 18 anni.

(2) Ragazzi, voi _____ il giornale?

(3) Luigi e Sofia _____ fame.

(4) Tu _____ i capelli rossi.

3 請連連看下方的選項，並完成對話。

(1) A Come va? ●   ● ⓐ B Anch'io sto bene, grazie.

(2) A Che cosa hai? ●   ● ⓑ B Grazie.

(3) A Forza! ●   ● ⓒ B Non c'è male.

(4) A Sto molto bene, e Lei? ●   ● ⓓ B Ho 20 anni.

(5) A Quanti anni hai? ●   ● ⓔ B Ho il raffreddore.

● 請聽錄音，並回答下列問題。

(1) 法比歐今天的狀態怎麼樣呢？

① 非常好。 ② 很難過。

③ 很痛。 ④ 很生氣。

(2) 請選出最適合回應法比歐最後一句話的選項。

① Grazie mille. ② Mi dispiace.

③ Scusa. ④ Sto bene.

閱讀 ● 請在空格中填入合適的表達，並完成對話。

stai   ho   ciao   sto   come mai   tu

Mina	Ciao, Luca!
Luca	(1) _____, Mina!
Mina	Come (2) _____?
Luca	(3) _____ benissimo, grazie.
	E (4) _____?
Mina	Così così.
Luca	(5) _____?
Mina	In questi giorni (6) _____ un terribile mal di testa.
Luca	Mi dispiace.

「義大利」的由來

在過去，古希臘人稱呼義大利這塊土地為 Esperia，意思為「日落之地」。這是因為義大利半島位於希臘西部的緣故。之後也曾被稱作意為「葡萄酒之國」的伊諾蒂亞（Enotria）。由於義大利的南部地區是古希臘時期規模龐大的殖民城邦，因此也被稱作大希臘（Magna Graecia），意思是「偉大的希臘」。

義大利由 20 個大區所組成，各大區皆具有其獨特的風格和特徵。那麼，各大區的名稱是從何而來的呢？各個大區的名稱源自於地方特色及風俗習慣、傳統、最早定居的民族名稱等，共同的語源並不存在。舉其中幾個為例，西西里島（Sicilia）源自希臘語 Sikelia。原本是指被稱為西庫爾（Sicul 或 Sikeloi）的民族所居住的島嶼東部。撒丁島（Sardegna）源自於 Sardiniam 一詞，意思是「撒丁島人的土地」（撒丁島人為在島嶼南部平原定居的腓尼基人後代）。還有，巴斯利卡塔（Basilicata）的語源來自於受拜占庭帝國皇帝之委託管理該地區的人的名字 Basylikos。

在過去，巴西利卡塔地區因林地寬廣，也被稱為 Lucania，因為拉丁文中「森林」被稱為盧卡斯（lucus）。皮埃蒙特（Piemonte）顧名思義便是 ai piedi del monte（山腳）字面上的意思；倫巴底（Lombardia）的意思指的是，在 7 世紀時佔領義大利的日耳曼民族「倫巴底王國」之名。

皮埃蒙特（Piemonte）

VALLE D'AOSTA
Aosta
Torino
PIEMONTE
Genova
LIGURIA
Mar Ligure
TRENTINO-ALTO ADIGE
Trento
LOMBARDIA
Milano
VENETO
Venezia
FRIULI VENEZIA GIULIA
Trieste
EMILIA-ROMAGNA
Bologna
Firenze
TOSCANA
Perugia
UMBRIA
Ancona
MARCHE
L'Aquila
Mare Adriatico
Roma
CITTÀ DEL VATICANO
LAZIO
ABRUZZO
MOLISE
Campobasso
CAMPANIA
Napoli
Potenza
BASILICATA
PUGLIA
Bari
CALABRIA
Catanzaro
Mare Ionio
SARDEGNA
Cagliari
Mar Tirreno
Palermo
Mar Mediterraneo
SICILIA

Come ti chiami?

你叫什麼名字？

- chiamarsi 動詞：名字是～
- Com'è?
- 不定冠詞 & 定冠詞

Come ti chiami?
你的名字是什麼？

Mi chiamo Mina.
我的名字是米娜。

● chiamarsi 動詞：名字是～

　　chiamarsi 動詞是在介紹自己名字時所使用的動詞。以反身動詞的形式呈現，在動詞的前面搭配反身代名詞 mi、ti、si、ci、vi、si，用在句子中時會隨著人稱做變化。

請參考第 7 課反身動詞

io	mi chiamo	noi	ci chiamiamo
tu	ti chiami	voi	vi chiamate
lui/lei/Lei	si chiama	loro	si chiamano

A　Lei **si chiama** Minho? 您的名字是玟豪嗎？
B　No, **mi chiamo** Minsu. 不，我的名字是敏淑。

　　造問句時會使用疑問詞 come 來詢問名字。

A　Come **ti chiami**? 你的名字是什麼？
B　**Mi chiamo** Michele. 我的名字是蜜雪兒。

A　Come **si chiama** Lei? 您的名字是什麼？
B　**Mi chiamo** Marta Ferrari. 我的名字是瑪塔法拉利。

● Com'è？

　　come 除了詢問姓名及問候以外，也能與 essere 動詞一起使用，詢問「～怎麼樣？」。

A　**Com'è** la ragazza di Roberto? 羅伯特的女朋友怎麼樣呢？
B　È molto carina. 她真的很可愛。

參考
com'è 是 come 和 è（essere 動詞的第三人稱單數）因母音衝突而縮寫的形態。

Com'è la professoressa?
這位老師人怎麼樣呢？

È una persona gentile.
她很親切。

● 不定冠詞 & 定冠詞

　　在義大利語中，有不定冠詞和定冠詞，是放在名詞前面用來限定名詞數量或意義的冠詞。不定冠詞放在單數名詞的前面，具有「某個不特定的東西」、「一個～」的意思。定冠詞放在單數、複數名詞前面，具有將名詞限定在「某種特定的東西」之功能。

不定冠詞

性別	不定冠詞	使用方法	例子
陽性	**un**	放在單數陽性名詞的前面	**un** pesce 魚
	uno	放在單數陽性名詞中，以 s +子音、x、y、z、pn、gn、ps 等子音開頭的名詞前面	**uno** specchio 鏡子
陰性	**una (un')**	放在單數陰性名詞的前面，若是名詞以母音開頭的話，則縮寫為 un'	**una** porta 門　　**un'**amica 朋友

定冠詞

性別	數量 單數	數量 複數	使用方法	例子
陽性	**il**	**i**	放在以子音開頭的陽性名詞前面	**il** ragazzo 少年　　**i** ragazzi 少年們
	lo (l')	**gli**	放在以母音開頭的陽性名詞前面，以及 s +子音、x、y、z、pn、gn、ps 等子音開頭的陽性名詞前面	**lo** studente 學生　　**gli** studenti 學生們 **l'**amico 朋友　　**gli** amici 朋友們
陰性	**la (l')**	**le**	放在陰性名詞的前面	**la** porta 門　　**le** porte 門（複數） **l'**amica 朋友　　**le** amiche 朋友們

参考

在表達如太陽、月亮、地球等獨一無二存在的事物，或是島嶼、湖水、山的名詞前面時，要使用定冠詞。

La luna è gialla. 月亮是黃色的。　　**La Terra è tonda.** 地球是圓的。

Marta	Buongiorno!	瑪塔	您好！
Paulo	Buongiorno! Mi chiamo Paulo Donoso. Come si chiama Lei?	保羅	您好！我的名字是保羅多諾索。您的名字是什麼？
Marta	Mi chiamo Marta Ferrari.	瑪塔	我的名字是瑪塔法拉利。
Paulo	Molto lieto. Sono un nuovo vicino. Sono uno studente argentino in Erasmus.	保羅	很高興認識您。我是新鄰居。我是阿根廷的交換學生。
Marta	Piacere. Sei molto simpatico.	瑪塔	很高興認識您。你人真好。

對話 TIP

• 利用 essere 動詞來表達人的國籍、職業、職位等時，可以省略不定冠詞。但是當作為主詞補語的名詞，被形容詞修飾時，則不能省略。
Lui è (uno) studente. 他是學生。
Lui è uno studente intelligente. 他是個聰明的學生。

生字及表達
nuovo/a 新的
vicino/a 鄰居
in 在～
Erasmus 交換學生計畫
simpatico/a
令人有好感的，印象好的

Com'è Sofia?

È una ragazza simpatica e intelligente.

Paulo	Mina, come si chiama la ragazza alta?
Mina	Si chiama Sofia. È la sorella di Luca.
Paulo	Davvero? Com'è Sofia?
Mina	Sì, è una ragazza simpatica e intelligente.
Paulo	È molto carina. Anche lei è una studentessa universitaria?
Mina	No, è stilista di moda.

保羅　米娜，那位高的女生名字叫什麼？

米娜　她的名字是蘇菲亞。是盧卡的姐姐。

保羅　真的啊？蘇菲亞是個什麼樣的人呢？

米娜　對，她的個性好，而且很聰明的女生。

保羅　她真可愛。她也是大學生嗎？

米娜　不是，她是時尚設計師。

對話 TIP

- davvero 是意為「真的」的副詞，用來強調說話的內容或意義，或是像上述對話一樣單獨使用，在反問「真的嗎」的時候經常使用。
  Sei **davvero** gentile! 你真的很親切呢！
  Tu hai tre figli? **Davvero**? 你有三個小孩？真的嗎？

- 當出現用來修飾形容詞的副詞時，副詞位於形容詞的前面。
  Marta è **molto** bella. 瑪塔非常美麗。

生字及表達
ragazzo/a 少年／少女
alto/a 高的
sorella f.姐姐或妹妹
intelligente 聰明的
carino/a 好看的，可愛的
universitario/a 大學的
moda f.時尚

表達心情、個性、外表的形容詞

心情

felice
幸福的

triste
傷心的

stanco/a
疲倦的

arrabbiato/a
生氣的

preoccupato/a
擔心的

noioso/a
無聊的

| 個性 | | 外表 | |

simpatico/a
令人有好感的，印象好的

gentile
親切的

bello/a
帥的，漂亮的

brutto/a
醜的

tranquillo/a
文靜的，安靜的

intelligente
聰明的

basso/a
矮的

alto/a
高的

buono/a
善良的

cattivo/a
壞的

grasso/a
胖的

magro/a
瘦的

常見的日常用語

感謝

Prego.

Grazie mille.

A 萬分感謝你。

B 不客氣。

B 的其他表達方法

Figurati! 別客氣！

Di niente! 這沒什麼！

Non c'è di che! 別客氣！

道歉

Scusi.

Non c'è problema.

A 對不起。

B 沒關係。

參考

scusi 是在正式場合使用的表達，若是為親密的關係則使用 scusa。

歡迎

Benvenuto!

Grazie.

A 歡迎！

B 謝謝！

參考

若對方為女性的時候，則使用 Benvenuta!。

祝賀

Buon compleanno!

A 生日快樂！

其他表達方式

Auguri! 恭喜！

Complimenti! 恭喜！

文法

1 請在空格中填入合適的 chiamarsi 動詞變化，來完成句子。

(1) Ciao, come _____ tu?

(2) Roberto, come _____ la ragazza alta?

(3) Ragazzi, come _____ ?

(4) I figli di Luigi _____ Alberto e Alessandro.

★ figli m. 兒子們（figlio 的複數形）

2 請選出下方能夠填入空格中的冠詞（定冠詞及不定冠詞）。

un	il	la	uno	i	le
una	lo	l'	un'	gli	

(1) _____ casa　　　　(2) _____ albero

(3) _____ matite　　　 (4) _____ gioco

(5) _____ zio　　　　　(6) _____ caffè

(7) _____ amico　　　　(8) _____ studenti

3 請將指定的句子變化成複數的形態。

(1) il libro nuovo　　　　　→　_____

(2) la penna rossa　　　　　→　_____

(3) il giornale interessante　→　_____

(4) la finestra grande　　　 →　_____

(5) lo yogurt buono　　　　 →　_____

聽力 ● 請聽錄音，並回答下列問題。

(1) Come si chiama la ragazza di Roberto?

① Anna　　　　　② Susanna

③ Paulo　　　　　④ Mina

(2) 請選出不符合羅伯特女朋友的描述。

① bella　　　　　② simpatica

③ intelligente　　④ bassa

閱讀 ● 請閱讀下列對話，並回答問題。

Sofia	ⓐ_____ quel ragazzo bello?
Luigi	Si chiama Fabio. È un nuovo studente.
Sofia	Di dov'è lui?
Luigi	ⓑ_____
Sofia	Com'è?
Luigi	È un ragazzo molto allegro.

(1) 請選出最適合填入空格ⓐ的表達。

① Come ti chiami

② Come si chiama

③ Qual è il suo nome

④ Qual è il tuo nome

(2) 請選出最適合填入空格ⓑ的回應。

① Benvenuto!

② Ha 20 anni.

③ È spagnolo, di Madrid.

④ Mi chiamo Luigi.

★ quel ragazzo 那位男孩

義大利的首都

特雷維噴泉

　　被稱為歷史和文化藝術國度的義大利,是很多人在一生中至少想去一次的旅遊景點。一提到義大利,首先浮現在腦海中的,便是完完整整保留了數千年歷史的羅馬。雖然羅馬是目前集中義大利政治和行政機能的首都,但是在義大利王國剛統一建國時,首都並不是羅馬。直到羅馬被指定為首都以前,歷經了重重的波折。

　　從476年西羅馬帝國滅亡之後,到1861年以前,即使義大利一直分裂成多個城邦、紛爭連連不斷,但始終位於重大歷史和文化事件的中心。1861年,由於朱塞佩加里波底(Giuseppe Garibaldi)在軍事上的豐功偉業,加上當時義大利半島唯一自治國皮埃蒙特的實際統治者薩伏依王室略性協商所得出的結果,義大利才得以實現統一。在同一年的3月17日,議會宣佈義大利王國隸屬於薩伏依王國的統治體制之下。同時,作為薩伏依王國首都的杜林,便自然而然地成為了近代義大利王國的第一個首都。在當時,拉齊奧地區很大一部分仍處於教宗國的統治之下,且拿破崙三世的軍隊也駐紮在該處。

　　教皇和法國在1864年9月15日,以要求拿破崙軍隊撤出羅馬為條件,簽訂了重大協議。透過該協議,法國承諾將不會入侵羅馬,並將保護教皇免受外部勢力的攻擊。作為代價,法國要求義大利王國將除了羅馬之外的第三大城市立為首都,以作為對羅馬不感興趣的證明。因此,從1865年到1871年的6年之間,佛羅倫斯成為了義大利王國的首都。在義大利王國完成統一的第10年,即1871年,義大利首都終於轉移到歷史的中心羅馬。這是個帶有繼承燦爛古文明及歷史意義的決定。直到現在,羅馬仍舊維持著其地位,充分地發揮著身為義大利心臟的作用。

朱塞佩加里波底

Che cos'è questo?

這個是什麼？

- 指示詞

- 所有格

Che cos'è questo?
這個是什麼？

È un libro d'italiano.
這是一本義大利語書。

● 指示詞

指示詞分為指示代名詞和指示形容詞。用「這個」、「那個」來稱呼某事物或人的，便是指示代名詞；而像是「這本書」、「那間房子」一樣使用「這」、「那」來修飾名詞的，便稱為指示形容詞。指示代名詞要和所指稱的對象保持性別和數量上的一致。

指示代名詞

	陽性		陰性	
	單數	複數	單數	複數
這個／些	questo	questi	questa	queste
那個／些	quello	quelli	quella	quelle

Questa è una matita. 這是一支鉛筆。

Quelli sono gli studenti stranieri. 這幾位是外國學生。

指示形容詞

	陽性		陰性	
	單數	複數	單數	複數
這（些）～	questo (quest')	questi	questa (quest')	queste
那（些）～	quel / quello (quell')	quei / quegli	quella (quell')	quelle

指示形容詞語尾變化的方式與形容詞相同，但是對應到「那」的 quello 會隨著後面的名詞開頭來變化。把它想成是和定冠詞一樣的規則變化即可。

Quel ragazzo è mio cugino. 那男孩是我的表弟（表哥／堂哥／堂弟）。

Quello specchio è enorme. 那個鏡子很大。

Di chi è questa chiave?
這鑰匙是誰的？

È la mia.
是我的。

●所有格

所有格具有所有格形容詞和所有格代名詞兩種詞性，請見下表的形態。

	陽性		陰性	
	單數	複數	單數	複數
io	mio	miei	mia	mie
tu	tuo	tuoi	tua	tue
lui/lei/Lei	suo	suoi	sua	sue
noi	nostro	nostri	nostra	nostre
voi	vostro	vostri	vostra	vostre
loro	loro	loro	loro	loro

　　所有格形容詞會放在修飾的名詞前面，並隨著名詞的性別和數量做變化。至於**所有格代名詞**（表示「～的東西」）則是以「定冠詞＋所有格形容詞」的形態來表示（即所有格形容詞後面不接續名詞，並於前面加上定冠詞的形態），但其性別和數量要和被省略的名詞保持一致。所有格的前面通常都會出現定冠詞。

Il **suo** orologio è vecchio. 他的手錶很舊。

I **miei** amici sono gentili. 我的朋友們很親切。

La **mia** casa è piccola, ma la **tua** è grande. 我的家很小間，而你的很大間。

　　如果要用義大利文提到自己的家人，且家人名詞是單數時，不使用定冠詞。但若是複數名詞，或者被形容詞修飾時，則需要與定冠詞一起使用。

Mia madre si chiama Paola. 我媽媽的名字是寶拉。

I **miei** cugini sono alti. 我的表（堂）兄弟們都很高。

Questo è il **mio** caro nonno. 這位是我親愛的爺爺。

> **參考**
> 表達家人的名詞縱使是單數，但如果被 loro 修飾時，也需要加上定冠詞。
> il **loro** padre 他們的父親

Che cos'è questo?

È un vecchio giradischi.

Mina	Che cos'è questo?
Luca	È un vecchio giradischi.
Mina	Che bello! Di chi è?
Luca	È di Antonio.
Mina	Chi è Antonio?
Luca	È il mio proprietario di casa.

米娜　這個是什麼？

盧卡　是一台很舊的黑膠唱片機。

米娜　好酷！是誰的呢？

盧卡　是安東尼奧的。

米娜　誰是安東尼奧？

盧卡　是我家的房東。

參考

cos'è 是 cosa 和 è（essere 動詞的第三人稱單數）因母音衝突而縮寫的形態。

對話 TIP

• 能表達「什麼」的疑問代名詞有 cosa、che、che cosa 三種。其中，意為「～的東西」的 cosa 不僅是用在口語中，在書面中的使用度也很廣泛。主要是用於詢問行為或事物的本質，有時也與名詞一起使用。
Cosa/Che/Che cos'è l'amore? 愛情是什麼？
Che libro è quello? 那是什麼書？

• che 與形容詞或「形容詞＋名詞」一起使用時，可做為感嘆句。
Che buono! 真好吃！／看起來真好吃！
Che bella città! 這真是個漂亮的城市！

生字及表達
giradischi *m.*黑膠唱片機
bello/a 好的，帥的，美的
Di chi è? 是誰的？
proprietario/a 所有人，主人

Mina, chi è quest'uomo?

È il mio fratello maggiore.

Luca	Mina, chi è quest'uomo?
Mina	È il mio fratello maggiore.
Luca	Allora questa donna è sua moglie?
Mina	Esatto. E questo bimbo è il loro figlio.
Luca	È molto carino! Quanti anni ha?
Mina	Ha appena due anni.

盧卡　米娜，這位男子是誰？

米娜　是我的哥哥。

盧卡　那麼這位女子是他的妻子嗎？

米娜　沒錯。還有這個小孩是他們的兒子。

盧卡　真可愛！他幾歲？

米娜　他現在剛滿兩歲。

對話 TIP

在提到兄弟姐妹時，若是想要更精準地提及長幼順序，可分別加上 grande 和 piccolo 的比較級 maggiore（更大的）、minore（更小的）即可。

參考第 12 課比較級

il mio fratello maggiore/minore 我的哥哥／弟弟
la mia sorella maggiore/minore 我的姐姐／妹妹

生字及表達
uomo *m.*男子
fratello *m.*兄弟
allora 那麼
donna *f.*女子
moglie *f.*妻子
esatto/a 正確的，精準的
bimbo/a 小孩
appena 剛，正好
due 二
anno *m.*年

家族關係

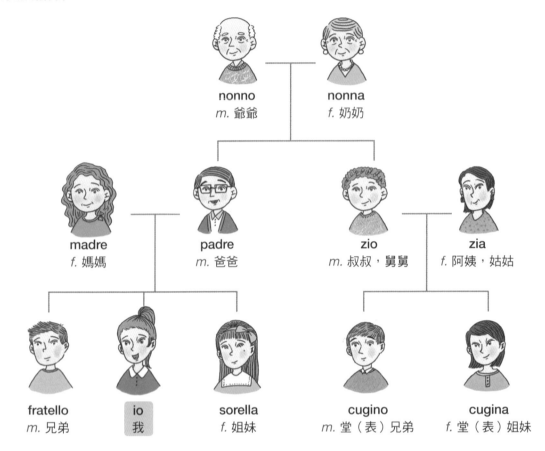

nonno *m.* 爺爺	nonna *f.* 奶奶
madre *f.* 媽媽	padre *m.* 爸爸
zio *m.* 叔叔，舅舅	zia *f.* 阿姨，姑姑
fratello *m.* 兄弟	io 我
sorella *f.* 姐妹	
cugino *m.* 堂（表）兄弟	cugina *f.* 堂（表）姐妹

genitori *m.* 父母
figlio *m.* 兒子
figlia *f.* 女兒
marito *m.* 丈夫
moglie *f.* 妻子
suocero *m.* 岳父，公公

suocera *f.* 岳母，婆婆
genero *m.* 女婿
nuora *f.* 媳婦
cognato *m.* 小舅子，姐夫
cognata *f.* 小姑，嫂子
nipote *m.f.* 姪子，姪女，孫子，孫女

> **參考**
>
> 家人稱謂也有像是暱稱一樣的用詞。下列的名詞與所有格形容詞結合時，即使是單數形，也要搭配定冠詞。
>
> papà, babbo 爸爸
> mamma 媽媽
> nonnino/a 爺爺／奶奶
> fratellino 弟弟
> sorellina 妹妹
> figliolo/a 兒子／女兒

日常生活常用的祝福語

Buon Natale!

Grazie, altrettanto.

A 聖誕節快樂！

B 謝謝，你也是。

A 的其他表達方法

Felice anno nuovo!
新年快樂！

Buon anno! 新年快樂！

Buone vacanze!

Buon viaggio!

A 祝你旅途愉快！

B 祝你休假愉快！

A 的其他表達方法

Buon fine settimana!
祝你周末愉快！

Buona giornata!
祝你有個美好的一天！

A 祝你好運！

B 謝謝。

A 的其他表達方法

In bocca al lupo!
祝你好運！

Grazie.

Buona fortuna!

參考

In bocca al lupo！字面意思是叫對方一定要從狼的嘴裡活著出來，是祈求好運的表達方式。回應這句話時，不會說 Grazie，而是應該要說 Crepi (il lupo)！，這句話直接翻譯是「希望狼死去！」，也就是「希望你一定要幸運！」的意思。

文法

1 請參考 範例，將合適的指示形容詞填入空格，並變化為複數形態。

範例　（這個）___questa___ borsa → ___queste borse___

(1) （這個）_____ penna → _____

(2) （那個）_____ orologio → _____

(3) （這個）_____ amico → _____

(4) （那個）_____ chiave → _____

★ chiave *f.* 鑰匙

2 請參考 範例，將合適的所有格形容詞變化為複數形態，並填入空格中。

範例　___il tuo___ libro → ___i tuoi libri___

(1) （他們的）_____ giornale → _____

(2) （你的）_____ fiore → _____

(3) （我們的）_____ bicicletta → _____

(4) （她的）_____ fratello → _____

★ fiore *m.* 花　| bicicletta *f.* 腳踏車

3 請使用合適的所有格回答下列問題。

(1) A I vostri fratelli sono alti?

　　B Sì, _____

(2) A Quella ragazza è tua sorella?

　　B No, _____

(3) A È tuo questo portafoglio?

　　B Sì, _____

★ portafoglio *m.* 錢包

● 請聽錄音，並回答下列問題。

04_5

(1) 請選出說話者在談論的主題。

① casa   ② tavolo

③ orologio   ④ acqua

(2) 請選出他們說的物品是誰的。

① Federico   ② Susanna

③ Luigi   ④ il fratello di Susanna

 閱讀

● 請閱讀下列對話，並回答問題。

A   Fabio, ⓐcome si chiama tuo fratello?

B   Il suo nome è Federico.

A   Ha una macchina?

B   Sì, la sua macchina è molto grande, invece la mia è piccola.

A   Allora di chi è quella macchina rossa?

B   È di Chiara.

(1) 請選出能和ⓐ替換使用的表達。

① Di dov'è?   ② Qual è il nome di tuo fratello?

③ Qual è la sua nazionalità?   ④ Di chi è?

(2) 請將左圖的每台車與右邊對應的人名連起來。

①
 ●

     ● ⓐ Federico

②
 ●

     ● ⓑ Chiara

③
 ●

     ● ⓒ Fabio

義大利豐富的文化遺產

義大利是全世界文化遺產最豐富的國家。不愧是藝術之鄉的義大利，在全國各地都分布著驚人的文化遺產，彷彿整個國土就是一座博物館。截至 2022 年為止，總共有 55 項世界文化遺產被列入名單。讓我們來一探其中的幾項。

佛羅倫斯歷史中心

首先，**佛羅倫斯**曾被法國小說家司湯達讚譽為「讓人生病、頭暈目眩的美麗城市」。魅力十足的藝術城市佛羅倫斯歷史中心於 1982 年被聯合國教科文組織登記 世界文化遺產。走進被城牆包圍的舊市區，便能在眼前欣賞到布魯內萊斯基、波提且利、多那太羅、米開朗基羅、李奧納多達文西等世紀天才藝術家的作品。特別是在主教座堂廣場（Piazza del Duomo），文藝復興時期的象徵地標展現了雄偉且華麗的姿態。而在廣場的中心是義大利

哥德式建築，**聖母百花聖殿**（Cattedrale di Santa Maria del Fiore）。白色、綠色、粉紅色三色交織而成的華麗色彩、圖案多彩繽紛的大理石建築物，以及布魯內萊斯基所完成的巨大圓頂，是個讓人印象深刻的教堂。在其一旁矗立著喬托所設計的鐘塔，對面則是結合羅馬式和早期基督教建築風格的洗禮堂。

聖母百花聖殿

第二，位在被稱為「奇蹟廣場（Piazze dei Miracoli）」的主教座堂廣場上，大教堂旁有一座傾斜著的鐘塔，這便是著名的比薩斜塔（Torre di Pisa）。站在奇蹟廣場的任何一處，都有觀看斜塔的良好視野，但根據觀看位置的不同，傾斜的方向和角度也會有所不同，提供遊客一邊移動的同時，一邊觀看的樂趣。比薩斜塔是為了紀念比薩在 11 世紀末建立富裕的海上共和國此一光榮事蹟所建立的大教堂之附屬建築，目的是為了告知信徒做禮拜的時間。但是比起大教堂，斜塔卻更有名，可以說是歷史上的諷刺。

比薩斜塔

五漁村

第三，位於利古里亞大區的五漁村（Cinque Terre）這一帶，指的就是沿著利古里亞陡峭的岩岸，並一路延伸到蒙特羅索、韋爾納扎、科爾尼利亞、馬納羅拉和里奧馬焦雷的五個小鎮。在懸崖的下方是一望無際的湛藍色大海，五漁村是由多彩繽紛的柔和色調所點綴而成，如童話一般的村莊，在地中海中也是數一數二風景壯觀的景點。

Dov'è il mio portafoglio?

我的錢包在哪裡？

- esserci 動詞：有～

- 介系詞與定冠詞的合併

- 疑問詞 dove

- 位置副詞與介系詞片語

Che cosa c'è sul tavolo?
桌上有什麼？

C'è un libro.
有一本書。

● esserci 動詞：有～

esserci 動詞是 essere 動詞與 ci（副詞，意思是「在那裡」）所結合而成的形態，主要用來表達人物或事物的存在。c'è（ci + è）的後面接的是單數名詞，在 ci sono 後面接的是複數名詞。

Che cosa **c'è** sul tavolo? 桌上有什麼？

C'è una penna. 有一支筆。

Ci sono le chiavi. 有一些鑰匙。

● 介系詞與定冠詞的合併

當介系詞後面出現定冠詞時，有時會有介系詞與定冠詞合併的現象，請見下方表格中特定幾個發生此現象的介系詞與定冠詞。此外，「di + **定冠詞**」的形態也具有部分冠詞的功能，能夠表達如「幾個」、「一些」這種不確定的數量和程度。

	il	i	lo	gli	la	le	l'
a 在～	al	ai	allo	agli	alla	alle	all'
in 在～裡	nel	nei	nello	negli	nella	nelle	nell'
di ～的	del	dei	dello	degli	della	delle	dell'
da 從～	dal	dai	dallo	dagli	dalla	dalle	dall'
su 在～上面	sul	sui	sullo	sugli	sulla	sulle	sull'

Il libro è **sul** tavolo. 書在桌上。

La chiave è **nella** borsa. 鑰匙在包包裡面。

Ci sono **delle** penne. (= C'è qualche penna.) 有一些筆。

In frigorifero c'è **del** pane. (= In frigorifero c'è un po' di pane.) 冰箱裡有幾個麵包。

> **參考**
> 部分冠詞「di+定冠詞」後面接的如果是不可數名詞，還能以 un po' di（一些的）代替；若接的是可數名詞的情況，則可以用 qualche（幾個的）來替代。

Dov'è la posta?
郵局在哪裡？

È davanti al bar.
在咖啡廳前面。

● 疑問詞 dove

　　疑問詞 dove 的意思是「在哪裡」，在詢問人或事物的位置或場所時使用，並以 essere 動詞套用「dov'è + 單數名詞」、「dove sono + 複數名詞」句型來表達。不過如果是找某人在哪裡，將人名放在句首時，essere 動詞根據其人稱來變化即可。

Dov'è il telefono? 電話在哪裡？

Dove sono le chiavi? 那些鑰匙在哪裡？

Maria, **dove** sei? 瑪莉亞，你在哪裡？

> **參考**
> dov'è 是 dove 和 è（essere 動詞的第三人稱單數）縮寫的形態，由於母音衝突，將 dove 的最後一個母音給省略。

● 位置副詞與介系詞片語

dentro 在裡面　　fuori 在外面　　sopra 在上面　　sotto 在下面

davanti a 在前面　　dietro 在後面　　a sinistra di 在左邊　　a destra di 在右邊

accanto a 在旁邊　　tra/fra A e B 在 A 和 B 之間　　di fronte a 在對面

Il gatto è **sotto** il tavolo. 貓咪在桌子下面。

Il pesce è **dentro** il vaso. 魚在魚缸裡面。

Il televisore è **tra** l'armadio e il letto. 電視在衣櫃和床之間。

Dov'è il mio portafoglio?

Non è nel cassetto?

Antonio	Dov'è il mio portafoglio?
Marta	Non è nel cassetto?
Antonio	No, non c'è. C'è solo qualche calzino.
Marta	Allora... è sul tavolo in soggiorno.
Antonio	Eccolo! E dov'è la mia giacca nera?
Marta	È nell'armadio.

安東尼奧	我的錢包在哪裡？
瑪塔	沒有在抽屜裡嗎？
安東尼奧	沒有。只有幾雙襪子。
瑪塔	那麼…就是在客廳桌子上。
安東尼奧	在這裡！還有我的黑色夾克在哪裡呢？
瑪塔	在衣櫃裡面。

> **參考**
>
> Eccolo! 單字中的 lo，是用來指稱陽性單數名詞的**直接受詞代名詞**。
>
> 參考第 9 課直接受詞代名詞

對話 TIP

- qualche 在可數名詞前使用時，意思為「幾個～」。qualche 後面的名詞固定為單數形。相同的表達方式有 alcuni/e，使用於陽性／陰性複數形態的名詞。　　參考第 17 課不定形容詞
  Ho qualche libro.（= Ho alcuni libri.） 我有幾本書。

- ecco 是「這裡有～」的意思，是人或事物出現在眼前或接近時所使用的表達。ecco 的後面接名詞或代名詞。
  Ecco il libro. 書在這裡。

生字及表達
portafoglio m.錢包
cassetto m.抽屜
Non c'è. 沒有；不在。
calzino f.襪子
tavolo m.桌子
soggiorno m.客廳
giacca f.夾克
nero/a 黑色的
armadio m.衣櫃

05_2

Sofia, dov'è il tuo ufficio?

È in via Garibaldi, di fronte alla posta.

Mina	Sofia, dov'è il tuo ufficio?
Sofia	È in via Garibaldi, di fronte alla posta.
Mina	Davvero? È molto vicino a casa mia.
Sofia	Dov'è casa tua?
Mina	Tra la stazione e l'ospedale. C'è un bel parco dietro casa mia.

米娜	蘇菲亞，你的辦公室在哪裡？
蘇菲亞	在加里波底街，在郵局的對面。
米娜	真的嗎？離我家非常近。
蘇菲亞	你家在哪裡？
米娜	在車站和醫院之間。我家後面有一個漂亮的公園。

對話 TIP

形容詞通常放在名詞後面做修飾，但 bello 可以放在名詞的前面與後面。
當放在前面修飾名詞時，其語尾的變化與指示形容詞 quello 相同。
bel fiore – bei fiori 美麗的花 – 美麗的花（複數）
bello studente – begli studenti 英俊的男學生 – 英俊的男學生們
bella ragazza – belle ragazze 美麗的少女 – 美麗的少女們

生字及表達
ufficio *m.*辦公室
via *f.*街
posta *f.*郵局
vicino a 離～很近
stazione *f.*車站
ospedale *m.*醫院

家的構造

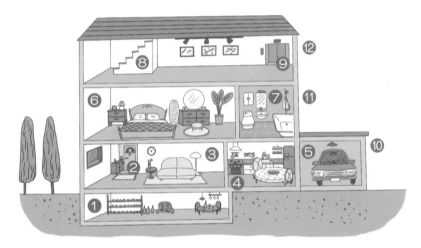

1. cantina *f.* 地下室，酒窖
2. ingresso *m.* 玄關
3. soggiorno *m.* 客廳
4. cucina *f.* 廚房
5. garage *m.* 車庫
6. camera da letto *f.* 寢室
7. bagno *m.* 浴室
8. scale *f.* 樓梯
9. ascensore *m.* 電梯
10. piano terra *m.* 1 樓
11. primo piano *m.* 2 樓
12. secondo piano *m.* 3 樓

家具與家電

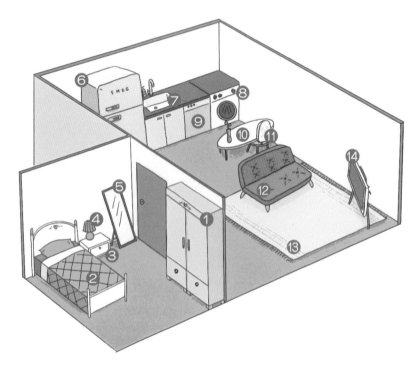

1. armadio *m.* 衣櫃
2. letto *m.* 床
3. comodino *m.* 床頭櫃
4. lampada *f.* 檯燈
5. specchio *m.* 鏡子
6. frigorifero *m.* 冰箱
7. lavandino *m.* 洗手台
8. lavatrice *f.* 洗衣機
9. lavastoviglie *f.* 洗碗機
10. tavolo *m.* 桌子
11. sedia *f.* 椅子
12. divano *m.* 沙發
13. tappeto *m.* 地毯
14. televisione *f.*,
    televisore *m.* 電視

表達位置

È accanto alla finestra.

Dov'è il gatto?

A 貓咪在哪裡？

B 在窗戶的旁邊。

È di fronte al supermercato.

Dov'è la farmacia?

A 藥局在哪裡？

B 在超市的對面。

È vicino a Torino e lontano da Palermo.

Dov'è Milano?

A 米蘭在哪裡？

B 離杜林很近，離巴勒摩很遠。

▸ lontano da 離～很遠

文法

1 請在 c'è 及 ci sono 之間選出最合適的表達，並填入空格以完成句子。

(1) Nel cassetto _____ le penne.

(2) Sulla scrivania _____ un computer.

(3) Nell'armadio _____ i vestiti.

(4) Nella borsa _____ una penna.

★ scrivania *f.* 書桌

2 請看圖片，並選出合適的介系詞。

(1) Il gatto è (sotto / sopra) la sedia.

(2) Le penne sono (vicino al / lontano dal) libro.

(3) La mela è (a destra / a sinistra) dello specchio.

(4) Il cappello è (davanti / dietro) al bicchiere.

★ mela *f.* 蘋果 ｜ cappello *m.* 帽子 ｜ bicchiere *m.* 玻璃杯

3 請於下方選出合適的單字，並填入空格以完成句子。

di fronte	dove	ci sono	nella

(1) _____ è il frigorifero?

(2) Le chiavi sono _____ borsa.

(3) La banca è _____ alla libreria.

(4) _____ dei giornali sulla scrivania.

★ libreria *f.* 書店

聽力 ● 請聽錄音,並回答下列問題。

(1) 請選出符合馬可家位置的選項。

① via Garibaldi   ② via Nazionale

③ via Mazzini   ④ via Rossi

(2) 請選出馬可家的附近有什麼。

① 餐廳   ② 教會

③ 大學   ④ 公園

閱讀 ● 與圖片一致的敘述請打○;與圖片不一致的敘述請打 ✕。

(1) Il bar è tra il supermercato e la banca.　　(　　)

(2) La posta è di fronte alla banca.　　(　　)

(3) La libreria è a sinistra della posta.　　(　　)

(4) Il supermercato è dietro il bar.　　(　　)

(5) L'albero è accanto alla libreria.　　(　　)

義大利人生活的一部分──咖啡

　　即使說義大利人的一天是從咖啡開始的也不為過。對義大利人來說，咖啡並不單單只是含有咖啡因的飲料，還能被稱為是文化遺產，更是生活一部分的重要存在。咖啡在 1570 年左右，透過當時已是義大利海上貿易據點的威尼斯傳進了歐洲。引進咖啡的人是植物學家兼醫生 Prospero Alfino。在當時，咖啡算是價格昂貴的飲料，只有富有人家才喝得起，並且是在藥局裡面販賣。之後，在威尼斯開了多家咖啡廳，在 1763 年甚至有多達 218 家咖啡廳。據說，最早的咖啡專賣店是於 1683 年在威尼斯的聖馬可廣場開業，而在義大利現存最古老的咖啡廳則是在 1720 年開業，是一間位於威尼斯名為花神（Caffè Florian）的咖啡廳。花神是歌德、蕭邦、盧梭、拜倫等當時數一數二的文藝家和藝術家們經常光顧的地方，因而聞名。

　　在咖啡傳入以後，咖啡在短短的時間之內就成為了高級的商品，很多戀人互送咖啡，以致咖啡甚至成為了表達愛意的象徵物品。教宗克萊孟八世的時候，部分狂熱的信徒將咖啡稱為「惡魔的飲料」，堅持應該要禁止咖啡，但多虧了被咖啡香味給迷住的教宗，咖啡不僅得以度過被禁止的危機，反而還更加普及，擴散到了大眾階層。18 世紀的知識份子將咖啡稱為「智慧的飲料」，對其價值給予高度的評價，這使咖啡開始被認定為能帶來活力、具有治癒功效的健康飲料。由於擁有悠久的咖啡歷史，義大利人對國產咖啡感到非常驕傲。咖啡文化是以義大利為中心所形成的，因此大部分的咖啡名稱也都是義大利語。義大利人最愛喝的咖啡便是濃縮咖啡（espresso）。也被稱為 caffè espresso 或 caffè normale。除了濃縮咖啡之外，還有卡布奇諾（cappuccino）、瑪奇朵咖啡（caffè macchiato）、摩洛哥咖啡（caffè marocchino）等多種添加牛奶的咖啡，以及在夏季也能涼快地享受的冰搖咖啡（shakerato）。雖然義大利人很常去被稱為 bar 的咖啡廳，但是在家裡也經常使用摩卡壺（Moka pot）品嘗咖啡，生活總是與咖啡十分貼近。

Che ore sono?

現在幾點了？

- 數字

- 詢問與回答時間幾點

- 日期與星期

Quanti anni hai?
你幾歲？

Ho ventidue anni.
我 22 歲。

● 數字

0	zero				
1	uno	11	undici	30	trenta
2	due	12	dodici	40	quaranta
3	tre	13	tredici	50	cinquanta
4	quattro	14	quattordici	60	sessanta
5	cinque	15	quindici	70	settanta
6	sei	16	sedici	80	ottanta
7	sette	17	diciassette	90	novanta
8	otto	18	diciotto	100	cento
9	nove	19	diciannove	1.000	mille
10	dieci	20	venti	1.000.000	milione

　　20 之後的數字，只要在個位數的位置上加上數字 1~9 就行了。

31　trentuno

32　trentadue

41　quarantuno

42　quarantadue

> **參考**
> 與 -uno、-otto 結合的十位數，字尾的母音會被省略。
>
> trenta + uno = trentuno
>
> venti + otto = ventotto

　　uno 的語尾變化與不定冠詞相同，但 cento 則不變。而 mille 的複數形是 mila。

una casa 一棟房子

cento pagine 一百頁

trecento euro 三百歐元

tremila abitanti 三千位居民

> **參考**
> 標記千位數時，使用小數點（.）；標記小數點時則是使用逗號（,）。
>
> 10,80 euro 10歐元 80分

　　若為長數字，就要每三個位數一起讀。

2.019　duemiladiciannove

537.462　cinquecentotrentasettemilaquattrocentosessantadue

Che ora è?
現在幾點？

È l'una e dieci.
1 點 10 分。

● 詢問與回答時間幾點

　　詢問「現在幾點？」的說法有 Che ora è? 和 Che ore sono? 兩種。回答的時候，除了「1 點」之外其他皆使用「sono le ＋基數」的形態。幾點與幾分之間用 e 來連接。若為「1 點」，則用單數形態的 È l'una. 來回答。

A **Che ore sono**? 幾點了？

B **È l'una e cinquanta.** 1 點 50 分。

A **Che ore sono**? 幾點了？

B Sono le otto meno dieci. 距離 8 點還有 10 分鐘（7 點 50 分）。

> **參考**
> 「距離～點還有～分鐘」的表達方式可以用意為「比～少」的 meno 來表達。

● 日期與星期

mese 月份

1 月	gennaio	7 月	luglio
2 月	febbraio	8 月	agosto
3 月	marzo	9 月	settembre
4 月	aprile	10 月	ottobre
5 月	maggio	11 月	novembre
6 月	giugno	12 月	dicembre

giorni della settimana 星期

星期一	lunedì
星期二	martedì
星期三	mercoledì
星期四	giovedì
星期五	venerdì
星期六	sabato
星期天	domenica

　　日期按照日、月、年的順序來表達，在說「～號」的時候，使用「il ＋基數」的形態來表示。但是，若為每月的「1 號」時，使用序數 primo，意思是「第一」。除了星期天以外，其他皆為陽性名詞。

A Quanti ne abbiamo oggi? 今天幾月幾號？

B Oggi è il 9 **febbraio**. 今天是 2 月 9 號。

A Che giorno è oggi? 今天是星期幾？

B Oggi è **mercoledì**. 今天是星期三。

Che ore sono a Taipei?

Sono le dieci e un quarto.

Luca	Che ore sono adesso?	盧卡	現在幾點了？
Mina	Sono le tre e un quarto.	米娜	3 點 15 分。
Luca	Che ore sono a Taipei?	盧卡	台北幾點了？
Mina	Sono le dieci e un quarto.	米娜	10 點 15 分。
Luca	Lì è mattina?	盧卡	那裡是早上嗎？
Mina	No, è notte. Taiwan è 7 ore avanti rispetto all'ora italiana.	米娜	不，是晚上。台灣比義大利快 7 個小時。

對話 TIP

讀時間時，15 分和 30 分有其他不同的表達方式。15 分可以用「1/4」的 un quarto 來表達；30 分可以用 mezzo 或 mezza 來表達。
Sono le tre e un quarto. 3 點 15 分。
Sono le sei e mezzo.（= Sono le sei e mezza.） 6 點 30 分。

生字及表達
adesso 現在
un quarto 四分之一
lì 那裡
mattina f.早上
notte f.晚上
avanti 在前面，更早
rispetto a 比起～，和～相比

Quando è il tuo compleanno?

Il 13 luglio.

Luca	Quando è il tuo compleanno?
Mina	Il 13 luglio. E quando è il tuo?
Luca	Questo sabato.
Mina	Quanti ne abbiamo oggi?
Luca	Oggi è il 12 aprile.
Mina	Allora il tuo compleanno è il 15 aprile. Auguri!

盧卡	你的生日是什麼時候？
米娜	7 月 13 號。那你的（生日）是什麼時候？
盧卡	這個星期六。
米娜	今天幾月幾號？
盧卡	今天是 4 月 12 號。
米娜	那麼你的生日是 4 月 15 號。恭喜！

對話 TIP

要表達「這個星期～」的時候，使用「questo + 星期」；而要表達「上個／下個星期～」，則是使用「星期～ + scorso/prossimo」或是「lo scorso / il prossimo + 星期～」。但是，由於所有的星期之中只有星期天為陰性名詞，因此形容詞的語尾要換成陰性（如 prossima）。
venerdì scorso = lo scorso venerdì 上個星期五
venerdì prossimo = il prossimo venerdì 下個星期五
domenica prossima = la prossima domenica 下個星期天

生字及表達
compleanno *m.*生日
Quando è il tuo compleanno?
你的生日是什麼時候？

表達時間的單字

mezzanotte
午夜

sera
傍晚

notte
夜晚

pomeriggio
下午

mattina
上午

mezzogiorno
中午

tre giorni fa 3天前　　**l'altro ieri** 前天　　　　**ieri** 昨天　　　　**oggi** 今天

domani 明天　　　　　**dopodomani** 後天　　　**fra tre giorni** 3天後

季節

primavera
春天

estate
夏天

autunno
秋天

inverno
冬天

與時間相關的表達

Sono le sette e mezzo.

Che ora è adesso?

A 現在幾點了？

B 7 點半。

B 的其他表達方法

Sono le sette e trenta.
7 點 30 分。

È mezzogiorno.

Che ore sono?

A 幾點了？

B 中午了。

B 的其他表達方法

È mezzanotte. 午夜了。

Sono già le sei e un quarto!

Siamo in ritardo!

A 已經 6 點 15 分了。

B （我們）遲到了。

▸ già 已經 ｜
  essere in ritardo 遲到

文法 1 請將下列的數字用義大利文寫出來。

(1) 20 → _____   (2) 1997 → _____

(3) 850 → _____   (4) 28 → _____

(5) 119 → _____   (6) 34060 → _____

2 請看時鐘，並用義大利文寫出時間。

Che ore sono?

(1)  7:15
_____

(2)  12:00
_____

(3)  3:30
_____

(4)  8:50
_____

(5)  1:45
_____

(6)  17:00
_____

3 請看下面的月曆並回答問題。

7						
D	L	M	M	G	V	S
				1	2	3
4	5	6	7	8	9	10
11	12	13	14 oggi	15	16	17
18	19	20	21	22	23	24
25	26	27	28	29	30	

(1) Che giorno è oggi?
_____

(2) Che giorno è domani?
_____

(3) Quanti ne abbiamo oggi?
_____

(4) In che stagione siamo?
_____

★ stagione *f.* 季節

● 請聽錄音，並回答下列問題。

(1) Quando è il compleanno di Maria?
   ① il 18 maggio　　　② il 16 maggio
   ③ il 16 marzo　　　 ④ il 19 marzo

(2) Quanti ne abbiamo oggi?
   ① il 18 maggio　　　② il 16 marzo
   ③ il 16 maggio　　　④ il 15 marzo

(3) Che giorno è oggi?
   ① venerdì　　　　　② mercoledì
   ③ lunedì　　　　　 ④ giovedì

閱讀 ● 請閱讀下列對話，並回答問題。

A　Che ore sono adesso?

B　Sono le tre del pomeriggio.

A　Che ore sono in Città del Messico?

B　Sono le otto.

A　Di sera?

B　No, lì è di mattina. Il Messico è 7 ore indietro rispetto all'ora italiana.

A　Allora la Corea è 14 ore avanti rispetto all'ora messicana.

(1) 現在韓國幾點？
   ① 凌晨 3 點　　　　② 晚上 10 點
   ③ 上午 8 點　　　　④ 下午 5 點

(2) 請選出與上方對話一致的內容。
   ① 墨西哥現在晚上 8 點。
   ② 韓國比義大利快 15 個小時。
   ③ 墨西哥比義大利慢 7 個小時。
   ④ 義大利比韓國快 8 個小時。

★ indietro 在後面，慢的，晚於～

人人有書讀！
義大利的教育制度

　　義大利不是一個重視學歷和畢業學校的社會，因此很難找到盲目考試、競爭激烈的入學考試，或是補習班氾濫這樣的問題。義大利有90%的學校是國立的，大部分的學生都可得到中央政府和地方政府提供的獎學金或是補助金來上學。義大利在憲法中明文規定「只要是具備接受教育能力和資格的人，不論是誰，無論經濟條件如何，都得以繼續升學到最高等教育」，義大利強調國家對於國民的教育有應負的責任。

　　若是從義大利的學制來看，3 歲到 6 歲實施的幼兒教育雖然並非義務，但將孩子送到幼稚園是非常普遍的。從 6 歲到 11 歲所接受的小學教育是全額免費的，由中央政府和地方政府分攤費用。小學教育以及從 11 歲到 14 歲三年的國中教育，合起來總共 8 年，是義務教育課程。在這之後的五年高中課程是準義務教育的階段，由父母負擔學費和教材費，但是會根據家庭收入水準來支付補助金。義大利的高中也分人文學科、自然學科、藝術學科、外語學科、技術學科等多元化的類型，若是打算從高中畢業，則需要參加名為 Maturità 的畢業考試。

　　接下來，大學的課程一般為三年，法學、醫學或是藥學一般則為五年。在那之後，碩士兩年，博士則是三年。按照家庭收入水準的不同，能夠使用政府補助的待遇適用至大學階段。合法居住的外國人也是適用對象。只要有高中的畢業證書，無論是誰都可以上大學。但是相較於每年 50%的大學升學率，畢業生的比例非常低，由此可見要畢業並不容易。

　　不管經濟能力如何，不論是任何人，只要是想學習，任何人都有學習的機會，這點便是義大利教育制度的主要特徵，也是最終極的目標。

Parla italiano?

您說義大利語嗎？

- 直陳式現在時規則動詞：-are, -ere, -ire
- 句型 Da quanto tempo ~?
- 反身動詞
- 句型 A che ora ~?

Parli italiano?
你說義大利語嗎？

Sì, un po'.
是的，會一點。

● 直陳式現在時規則動詞：-are, -ere, -ire

根據動詞的語尾，義大利語動詞可分為 -are、-ere 和 -ire 這三種動詞。屬於同一語尾的動詞，大部分皆以相同的方式進行語尾變化。表達客觀事實、確認過的訊息、真實性等的表達皆稱為直陳式，直陳式現在時規則動詞的變化如下表。-ire 動詞分為兩種類型的變化，請特別留意。

	-are	-ere	-ire 變化1	-ire 變化2
	parlare 說	scrivere 寫	partire 出發	capire 理解
io	parlo	scrivo	parto	capisco
tu	parli	scrivi	parti	capisci
lui/lei/Lei	parla	scrive	parte	capisce
noi	parliamo	scriviamo	partiamo	capiamo
voi	parlate	scrivete	partite	capite
loro	parlano	scrivono	partono	capiscono

Maria **parla** italiano.	瑪莉亞說義大利語。
Noi **scriviamo** una lettera.	我們寫一封信。
Tu **parti** per Parigi?	你前往巴黎嗎？
Non **capisco** bene l'italiano.	我不理解義大利語。

● 句型 Da quanto tempo ~?

這是詢問做某事做了多久的表達方式。在問句中和回答中使用介系詞 **da** 時，意思是「從～開始」。因為是詢問某件事情從過去持續到現在的表達方式，所以主要使用現在時。

問句	Da quanto tempo ~? ～多久了？	A **Da quanto tempo** vive qui? 你在這個地方住多久了？
回答	~da + 時間長度 已經～（時間長度）了。	B Vivo qui **da** dieci anni. 我已經住十年了。

A che ora ti alzi?
你幾點起床？

Di solito mi alzo alle 7.
我通常 7 點起床。

● 反身動詞

反身動詞是指動作本身會觸及到主詞自己的動詞，且會在及物動詞的語尾接上反身代名詞 -si，以「動詞 si」的形態呈現。反身動詞會根據人稱進行語尾變化，在動詞前面必定伴隨著反身代名詞（mi、ti、si、ci、vi、si）。

	alzarsi 起床	mettersi 穿戴	vestirsi 穿衣服
io	**mi** alzo	**mi** metto	**mi** vesto
tu	**ti** alzi	**ti** metti	**ti** vesti
lui/lei/Lei	**si** alza	**si** mette	**si** veste
noi	**ci** alziamo	**ci** mettiamo	**ci** vestiamo
voi	**vi** alzate	**vi** mettete	**vi** vestite
loro	**si** alzano	**si** mettono	**si** vestono

I bambini **si alzano** sempre alle 8.　孩子們總是 8 點起床。

Stasera **mi metto** la giacca.　我今天傍晚穿夾克。

Paola **si veste** bene.　寶拉很會穿衣服。

> **參考**
> 由於反身動詞大部分是規則動詞，因此及物動詞部分（排除反身代名詞的部分）按照 -are、-ere、-ire 動詞的規則變化。

● 句型 A che ora ~?

A che ora~? 是表示「幾點～？」的表達方式，在問句中和回答中都使用介系詞 a。回答的時候，「1 點」使用單數形的 all'（當 alla 後面出現母音時而縮寫的形態），「2 點」到「24 點」使用複數形 alle。

參考第18課的序數

A　**A che ora** pranzate? 你們幾點吃午餐？

B　**All'**una e un quarto. 1 點 15 分（吃）。

A　**A che ora** comincia la lezione? 幾點開始上課？

B　**Alle** 9 di mattina. 上午 9 點（開始）。

> **Da quanto tempo studi l'italiano?**

> **Frequento un corso d'italiano da 6 mesi.**

Sofia	Complimenti, parli bene l'italiano!	蘇菲亞 太厲害了，你義大利文說得很好！
Paulo	Grazie! Ma... ho ancora molto da imparare.	保羅 謝謝！但是…我要學習的還有很多。
Sofia	Da quanto tempo studi l'italiano?	蘇菲亞 你學義大利語多久了？
Paulo	Frequento un corso d'italiano da 6 mesi.	保羅 我上義大利文課已經上 6 個月了。
Sofia	Quante lingue parli?	蘇菲亞 你會說幾個語言？
Paulo	Parlo spagnolo, ovviamente, portoghese e un po' di inglese.	保羅 毫無疑問，我會說西班牙語，另外還有葡萄牙語和一點點的英語。

對話 **TIP**

- 當意義原本是「從～」的介系詞 da 後面接動詞原形時，此時 da 的意思就會變成「要做～」、「能做～」的意思。
  Ho dei libri da leggere. 我有幾本書要讀。
  Abbiamo tante cose da mangiare. 我們有很多東西可以吃。

- quanto 作為疑問形容詞和疑問代名詞使用。作為疑問形容詞時，表達人或物品的數量，意思是「幾個的～」。性別、數量都跟後面的名詞保持一致，並進行語尾變化。若被用作疑問代名詞使用時，意思是「多少」。
  Quanti fratelli ha? 您有幾個兄弟姐妹？（疑問形容詞）
  Quante lingue parli? 你會說幾個語言？（疑問形容詞）
  Quanto costa questo orologio? 這個手錶多少錢？（疑問代名詞）

生字及表達
parlare 說
imparare 學習
studiare 研讀
frequentare 經常往返
corso *m.*課程

A che ora ti
alzi di solito?

Mi alzo alle 6.

Mina	A che ora ti alzi di solito?	米娜 你通常幾點起床？
Luca	Mi alzo alle 6.	盧卡 我 6 點起床。
Mina	Così presto?	米娜 那麼早？
Luca	Sì, perché ho una lezione alle 8.	盧卡 是的，因為我在 8 點有課。
Mina	Dopo la lezione torni subito a casa?	米娜 你下課後馬上回家嗎？
Luca	No, pranzo con gli amici e studio un po' in biblioteca. E poi torno a casa verso le 4 di pomeriggio.	盧卡 不，我跟朋友們一起吃午餐，在圖書館讀一下書。然後下午 4 點左右回家。

對話 TIP

• 介系詞 **dopo** 是「～以後」的意思，在後面接名詞。相反的，表達「～以前」的單字是 **prima di**。
Partiamo dopo cena. 我們在晚餐後離開。
Partiamo prima di cena. 我們在晚餐前離開。

• 如果 **verso** 與時間的表達一起使用時，便會是表達大略時間的「大約～點左右」意思。
A A che ora ci vediamo? 我們幾點見面呢？
B Ci vediamo verso le 8 di sera. 我們傍晚 8 點左右見面吧。

生字及表達
di solito 通常，平常
così 那麼
presto 早地；很快地
lezione f. 課堂
dopo 在～以後，之後
tornare 回來
subito 馬上
pranzare 吃午餐
con 和～一起
biblioteca f. 圖書館
poi 然後，接著

-are 動詞

mangiare
吃

comprare
買

ascoltare
聽

studiare
研讀

pagare
付錢

cantare
唱歌

lavorare
工作

entrare
進去

tornare
回來

camminare
走路

incontrare
見面

abitare
居住

pranzare
吃午餐

cenare
吃晚餐

arrivare
抵達

pensare
思考

cominciare
開始

cercare
找

ballare
跳舞

參考

就像 cercare、pagare 的變化一樣，以 -care、-gare 結尾的動詞，在第 2 人稱單數形（tu）和第 1 人稱複數形（noi）中做變化時，為了保留原本的發音，語尾變化會是 -chi、-ghi；-chiamo、-ghiamo。

	cercare	pagare
tu	cerchi	paghi
noi	cerchiamo	paghiamo

表達一天的作息

Mi alzo alle 7
di mattina.

我早上 7 點起床。

Studio l'italiano
dalle 9 alle 13.

我從 9 點到 13 點研讀義大利語。

Alle 13 pranzo
con gli amici.

我 13 點時和朋友們一起吃午餐。

Torno a casa e
guardo la TV.

我回家看電視。

▸ guardare 收看，看

Verso le 19 ceno e
alle 22 vado a letto.

我 7 點左右吃晚餐，晚上 10 點上床睡覺。

參考
vado 是動詞 andare 的第一人稱單數變化。

▸ andare a letto 上床睡覺

文法 **1** 請依括弧中的指示，將動詞變化為適當的直陳式現在時，並填入空格中，以完成句子。

(1) Quando _____ (voi – finire) il compito?

(2) Mario e Angela _____ (cantare) molto bene.

(3) Lei non _____ (mangiare) gli spaghetti.

(4) Tu _____ (ascoltare) la radio?

(5) Mia sorella e io _____ (tornare) a casa tardi.

(6) A che ora _____ (cominciare) la lezione?

2 請依括弧中的指示，將這些反身動詞變化為適當的形態，並填入空格中，以完成句子。

(1) Dario, a che ora _____ (svegliarsi) di solito?

(2) Noi _____ (sedersi) sulla sedia della cucina.

(3) Io _____ (lavarsi) con l'acqua calda.

(4) Molti studenti _____ (addormentarsi) in classe.

3 請參考以下反身動詞及圖片，將這些反身動詞變化為適當的形態，並填入空格中，以完成下列句子。

| truccarsi | alzarsi | lavarsi | vestirsi |

(1)

I bambini _____ i denti.

(2)

Paola _____ .

(3)

Mio fratello e io _____ alle 6 di mattina.

(4)

Fabio _____ sempre bene.

★ truccarsi 化妝

聽力 ● 請聽錄音，並將圖示與對應到的內容連在一起。

(1)

●

● ⓐ 9:00

(2)

●

● ⓑ 23:00

(3)

●

● ⓒ 6:30

(4)

●

● ⓓ 13:00

閱讀 ● 請閱讀下列短文以及各題敘述，若敘述與短文內容一致，請在 Ⅴ 上做記號；若不一致，則在 F 做記號。

> Sara si sveglia sempre alle 7. Quando suona la sveglia si alza subito e si fa la doccia. E poi fa colazione con suo marito Carlo. Sara prende il caffè e Carlo beve il tè. Mentre Carlo legge il giornale, Sara si trucca. Alle 8:30 prendono l'autobus.

(1) Sara 一起床就去吃早餐。　　　Ⅴ F

(2) Sara 跟 Carlo 一起坐公車。　　Ⅴ F

(3) Carlo 讀報紙的時候，Sara 穿衣服。　Ⅴ F

(4) Sara 喝咖啡，Carlo 喝茶。　　Ⅴ F

★ suonare 發出聲音，演奏 ∣ sveglia f.鬧鐘

義大利人是用手說話的！

義大利人在對話的時候經常使用手勢，甚至可以説是『用手説話』。在國外的電視節目中，經常可以看到的義大利人形象是被模仿成忙碌比著手勢、七嘴八舌的模樣。現在，甚至只要一看到手部動作，就能馬上推測是義大利人，豐富的手部動作不知從何時開始被認為是義大利人固有的特徵。透過手部動作，可以更加明確地表達出自己想要説的話或是意圖，讓人留下積極參與對話的印象。然而，並不是所有的義大利人都使用誇張的手勢，主要在義大利的中南部地區，尤其是拿坡里地區較為常見。

義大利人為什麼經常使用手勢呢？義大利在完成統一之前，有很長一段時間被分裂為數百個規模小的自治城市，因此語言也不可避免地按照地區分化為各種方言。由於語言的統一在接近現代才完成的，所以很難克服地區之間的語言差異。因此，學者們提出手勢之所以發達，是為了讓不同地區之間的溝通變得更準確的可能性。另外，也有一主張表示，手勢之所以如此流通，是因為有一個在義大利多個地區巡迴演出的義大利話劇（有人稱為『義大利即興喜劇 Commedia dell'arte』）的關係，在手勢語言中扮演了重要的角色。

◆ 我們來看看義大利人常比出的幾個典型手勢。

你想怎麼樣？
你想要什麼？

(食物)很好吃！

沒興趣！

祝你好運！

Che cosa fai nel tempo libero?

你在休閒時間都做什麼？

● fare 動詞

● 頻率副詞

● 現在進行式

● 表達天氣

Fai spesso ginnastica?
你常運動嗎？

Sì, faccio ginnastica ogni giorno.
嗯，我每天運動。

● fare 動詞

意思為「做～」的 fare 動詞是不規則動詞，主要用於表達各種行為或天氣。

io	**faccio**	noi	**facciamo**
tu	**fai**	voi	**fate**
lui/lei/Lei	**fa**	loro	**fanno**

fare colazione 吃早餐	fare un viaggio 旅行	fare la spesa 購物
fare i compiti 做作業	fare ginnastica 運動	fare una passeggiata 散步
fare la fila 排隊	fare la doccia 洗澡	fare una festa 辦派對

Laura **fa** la spesa ogni giorno. 蘿拉每天購物。

Noi **facciamo** la fila per comprare il biglietto. 我們為了買車票而排隊。

● 頻率副詞

主要用來表達事件發生頻率的副詞，即「總是」、「經常」、「有時」等意思的副詞。在義大利語中，頻率副詞的位置並沒有太大的限制，但主要放在所修飾的動詞附近。

sempre 總是 （放在動詞後面）
spesso 經常 （放在動詞後面或前面）
di solito 通常 （放在句子最前面）
ogni tanto, qualche volta 偶爾 （放在句子最前面）
raramente 幾乎不～ （放在動詞後面）
non ~ mai 完全不～ （動詞放在 non 和 mai 之間）

Guardo **sempre** la TV. 我總是看電視。

Di solito mangio a casa. 我通常在家吃飯。

Qualche volta gioco a scacchi. 我偶爾下棋。

Faccio **raramente** shopping. 我幾乎不購物。

Non bevo **mai** alcolici. 我完全不喝酒。

參考
fare shopping 購物

Sta piovendo?
在下雨嗎？

Sì, un po'.
對，有一點。

● 現在進行式

現在進行式是指「正在～中」意思的表達方式，即 stare 動詞和現在分詞（gerundio）結合之後的形態。現在分詞在從屬子句中，可以單獨使用，不與 stare 動詞結合，表達出「一邊～，一邊～」的意思。

動名詞形態

-are → -ando		-ere → -endo		-ire → -endo	
mangiare 吃	mang**iando**	vedere 看	ved**endo**	sentire 聽；感覺	sent**endo**

Che cosa **stai facendo**? 你正在做什麼？

Sto studiando l'italiano. 我正在讀義大利文。

Guardo la TV **mangiando**. 我一邊吃飯，一邊看電視。

● 表達天氣

表達天氣的時候，主要使用 essere 動詞和 fare 動詞，且固定只使用第 3 人稱單數形。但是，「下雨／下雪」的表達會使用另外的動詞，並可變成進行式。

È (molto) sereno. （非常）晴朗。	Fa (molto) caldo. （非常）熱。
umido. （非常）潮濕。	freddo. （非常）冷。
nuvoloso. （非常）陰陰的。	bel tempo. 天氣很好。
ventoso. 風（非常）大。	brutto tempo. 天氣很差。

piovere 下雨	**Piove** (molto). 下（大）雨。 Sta **piovendo** (molto). 在下（大）雨。
nevicare 下雪	**Nevica** (molto). 下（大）雪。 Sta **nevicando** (molto). 在下（大）雪。

A Che tempo fa oggi? 今天天氣怎麼樣？

B **Fa freddo** e **nevica**. 又冷又下雪。

C Non **piove**, ma è molto **nuvoloso**. 沒下雨，但是陰陰的。

Che cosa fai nel tempo libero?

Di solito faccio sport.

Marco	Che cosa fai nel tempo libero?
Luca	Di solito faccio sport.
Marco	Che tipo di sport fai?
Luca	Gioco spesso a tennis con i miei genitori. E tu? Hai qualche passatempo?
Marco	Nel tempo libero leggo fumetti e spesso gioco ai videogiochi. Faccio raramente sport.
Luca	Giocare troppo ai videogiochi non fa bene alla salute.

馬可　你在休閒時間做什麼？

盧卡　我通常運動。

馬可　你做什麼樣的運動？

盧卡　我經常跟父母一起打網球。你呢？你有什麼興趣？

馬可　我在休閒時間看漫畫，而且經常玩電腦遊戲。我幾乎不運動。

盧卡　玩太多電腦遊戲對你的健康不好。

對話 TIP

• che tipo di 是「哪一種～」的表達方式。
　Che tipo di lavoro fai? 你做什麼樣的工作？
　Che tipo di libri leggete? 你們讀什麼類型的書？

• fare bene a 是「對～好」、「對～有益」的意思。相反的，fare male a 是「對～不好」、「對～有害」的意思。主詞可以是動名詞或名詞。
　Mangiare la verdura fa bene alla salute. 吃蔬菜有益健康。
　Troppo sole non fa bene alla pelle. 太多的陽光對皮膚不好。

生字及表達

tempo m.時間，天氣
libero/a 自由的，空閒的
tipo m.種類
giocare 做、玩（遊戲或運動）
passatempo m.興趣
leggere 閱讀
videogioco m.
電腦遊戲，電動遊戲
troppo 太多，過度，太
salute f.健康

Che tempo fa a Milano oggi?

È molto sereno e non c'è vento.

Marta	Che tempo fa a Milano oggi?
Antonio	È molto sereno e non c'è vento.
Marta	Veramente?
Antonio	Sì, è un giorno perfetto per giocare a golf.
Marta	Beato te! Qui sta piovendo da ieri sera. Sto morendo di freddo!
Antonio	Invece io sto morendo di caldo. Il sole è molto forte.

瑪塔	今天米蘭天氣怎麼樣？
安東尼奧	很晴朗，且沒有風。
瑪塔	真的嗎？
安東尼奧	是的，是適合打高爾夫球的日子。
瑪塔	真羨慕你！這裡從昨天晚上開始就一直在下雨。我要冷死了！
安東尼奧	相反的，我要熱死了。太陽太烈了。

對話 TIP

- beato te 是表達羨慕時所使用的表達方式。beato 的語尾隨羨慕對象的性別及數量變化。
  Beata te, Marta. 瑪塔，好羨慕妳啊！
  Beati voi! 好羨慕你們啊！

- stare morendo di~ 是「要～死了」的表達方式。
  Sto morendo di caldo. 我要熱死了。
  Sto morendo di sonno. 我超級想睡的。

生字及表達
Che tempo fa? 天氣怎麼樣？
non c'è vento 沒有風
perfetto/a 完美的
per 為了～
beato/a 幸福的
forte 強烈的

興趣

leggere
閱讀（書）

cucinare
做料理

ascoltare musica
聽音樂

suonare il pianoforte
彈鋼琴

suonare la chitarra
彈吉他

disegnare, dipingere
畫畫

guardare film
看電影

fare fotografie
照相

運動

運動相關動詞

與 giocare a 搭配使用的運動、遊戲名詞

nuotare
游泳

carte
f. 卡片遊戲

scacchi
m. 西洋棋

tennis
m. 網球

fare esercizi di yoga
做瑜珈

calcio
m. 足球

golf
m. 高爾夫球

bowling
m. 保齡球

與天氣相關的表達

Che tempo fa in inverno in Corea?

Fa molto freddo e qualche volta nevica.

A 在韓國冬天天氣怎麼樣？

B 非常冷，偶爾下雪。

Com'è la temperatura oggi?

Oggi ci sono 18 gradi.

A 今天氣溫幾度？

B 今天 18 度。

▸ temperatura *f.* 溫度

Fa molto caldo qui dentro.

Accendo l'aria condizionata.

A 這裡面非常熱呢。

B 我來開冷氣。

▸ accendere 開 ｜
aria condizionata *f.* 冷氣

文法

1　請在空格中填入合適的 fare 動詞，來完成句子。

(1) Ragazzi, quando _____ la doccia?

(2) Laura _____ un viaggio ogni anno.

(3) Io non _____ mai shopping.

(4) Oggi _____ molto caldo.

(5) Simona e Roberto _____ sempre molte foto.

★ ogni 每（個）～

2　請看圖片，並利用下列單字回答各個地區的天氣。

Roma	New York	Hongkong	Parigi	Mosca

piovere　　bel tempo　　nevicare　　caldo　　ventoso

(1) A　Che tempo fa a Roma?

B _____

(2) A　Che tempo fa a New York?

B _____

(3) A　Che tempo fa a Hongkong?

B _____

(4) A　Che tempo fa a Parigi?

B _____

(5) A　Che tempo fa a Mosca?

B _____

聽力 ● 請聽錄音中關於每個人物正在做的動作，並將人名與圖示連在一起。

(1) Paolo ●

● ⓐ

(2) Daniele ●

● ⓑ

(3) Fabio ●

● ⓒ

(4) Roberto ●

● ⓓ

閱讀 ● 請閱讀下列短文以及各題敘述，若敘述與短文內容一致，請在 Ⓥ 上做記號；若不一致，則在 Ⓕ 做記號。

Siamo Giorgio e Luisa. Non abbiamo molto tempo libero. Di solito la sera, dopo il lavoro, guardiamo un film in TV. La domenica usciamo e qualche volta facciamo una passeggiata nel parco.

Salve! Mi chiamo Anna. Studio molto e sono molto impegnata. Nel tempo libero ascolto musica e suono la chitarra. Durante il fine settimana esco con gli amici.

(1) Giorgio e Luisa hanno molto tempo libero. Ⓥ Ⓕ

(2) La domenica Giorgio fa sempre una passeggiata nel parco. Ⓥ Ⓕ

(3) Anna suona uno strumento. Ⓥ Ⓕ

(4) Durante la settimana Anna esce con gli amici. Ⓥ Ⓕ

(5) Di solito la sera, Luisa guarda un film in TV. Ⓥ Ⓕ

★ strumento *m.* 樂器 ｜ impegnato/a 忙碌的

消除一整天疲勞的開胃酒

spritz

在上班族下班的傍晚之際，到街上一看，能看到人們三三兩兩地聚在一起，簡單地喝一杯的樣貌。這是許多國家在吃晚餐之前，用酒精濃度數較低的雞尾酒或葡萄酒來刺激食慾，並消除當天疲勞的常見文化。作為餐前酒的概念，用餐前為了提升食慾而喝的酒被稱為「開胃酒（aperitivo）」。最受歡迎的開胃酒飲料叫做 spritz，是一種在白葡萄酒之中混合氣泡水和利口酒混合而成的一種雞尾酒，主要搭配綠色橄欖飲用。

開胃酒起源於西元前 5 世紀，是古希臘的醫生希波克拉底為了因食慾不振所苦的患者所隨意開出的處方。又被稱為「希波克拉底葡萄酒」，是將薄荷花、艾草和仙人掌浸泡在香甜的白葡萄酒之中所製作成的。雖然開胃酒（aperitivo）的語源並不明確，但是此單字來自於拉丁語aperitivus（打開）的說法佔主導地位，意思為「開胃、刺激」。義大利的開胃酒，在 1786 年誕生於安東尼奧貝尼迪托卡帕諾（Antonio Benedetto Carpano）先生位於杜林的酒類專賣店。他開發了放入 30 多種香草和香料所製作而成的香艾酒（vermut），這種特別的飲料已成為典型的開胃酒飲料，也成為了包含杜林在內，皮埃蒙特大區的象徵。在這之後，開始出現小酌一杯的同時，還會搭配皮埃蒙特生產的起司或莎樂美腸、義大利麵包棒的文化，並於 1800 年代後期擴散到義大利的各大城市。

香艾酒

apericena

開胃酒原本是在晚餐前 6 點到 9 點之間，簡單搭配橄欖或洋芋片一起享用的，但最近出現了許多以自助式提供如各種起司、義大利麵沙拉、單片披薩、三明治、義式蕃茄普切塔等可當成餐點小點心的場所，成為能夠取代正餐的開胃點心（apericena）形態的晚餐。

Posso entrare?

我可以進去嗎？

- 助動詞

- 與介系詞一起使用的動詞

- 直接受詞代名詞

- 比較 conoscere 動詞與 sapere 動詞

Posso entrare?
我可以進來嗎？

Avanti!
請進！

● 助動詞

　　在義大利語中，助動詞有以下三種：volere、potere、dovere。其句型結構為，助動詞後面固定放動詞原形；在否定句中，否定詞 non 放在助動詞的前面。此三個助動詞的語意分別是，volere 表示願望或勸誘；potere 表示允許或可能；dovere 表示必須或禁止。此外，要注意的是，這三個助動詞的語尾變化皆為不規則。

	volere 想要～	potere 能～，可以～	dovere 必須～
io	voglio	posso	devo
tu	vuoi	puoi	devi
lui/lei/Lei	vuole	può	deve
noi	vogliamo	possiamo	dobbiamo
voi	volete	potete	dovete
loro	vogliono	possono	devono

願望　**Voglio** imparare l'italiano. 我想學義大利語。

勸誘　**Volete** un gelato? 你們想吃冰淇淋嗎？

允許　**Posso** aprire la finestra? 我可以開窗戶嗎？

義務　**Dobbiamo** tornare a casa. 我們得回家了。

> 參考
> volere 動詞的後面除了接動詞原形，也能接名詞。

● 與介系詞一起使用的動詞

　　有些動詞會搭配介系詞 a 或是 di，介系詞後面接續動詞原形。

provare a 試圖～	Maria **prova a** telefonare di nuovo. 瑪莉亞試圖再打一次電話。
continuare a 繼續～	**Continuo a** leggere il giornale. 我繼續讀報紙。
imparare a 學習～	Maria vuole **imparare a** ballare. 瑪莉亞想學習跳舞。
cominciare a 開始～	Gli studenti **cominciano a** capire l'inglese. 學生們開始理解英文。
decidere di 決定～	Stefano **decide di** tornare in Svizzera. 史蒂芬妮決定要回瑞士。
finire di 結束～	**Finisco di** lavorare alle 5. 我 5 點結束工作。
cercare di 盡力～，盡可能～	**Cerchiamo di** fare attenzione. 我們盡可能地小心。

Conosci Marta?
你知道瑪塔嗎？

Sì, la conosco molto bene.
是，我很了解她。

● 直接受詞代名詞

　　直接受詞代名詞指的就是相當於英文 I love you.、I don't like it. 中 you 和 it 的角色。在義大利文中，根據在句子中位置的不同，直接受詞代名詞的形態分為**非重讀形**以及**重讀形**。非重讀形位於動詞的前面；重讀形則位於動詞的後面。一般多使用非重讀形。非重讀形的第三人稱形態 lo、la、li、le 可使用於人和事物上。

	非重讀形	重讀形	意思
io	mi	me	我
tu	ti	te	你
lui/lei/Lei	lo/la/La	lui/lei/Lei	他／她／它／您
noi	ci	noi	我們
voi	vi	voi	你們
loro	li/le	loro	他們／她們／它們

A Conosci Mario? 你認識瑪利歐嗎？

B Sì, **lo** conosco. 是，我認識他。

> **參考**
> 重讀形用在想要強調直接或間接受詞代名詞時，且只用在人身上。

● 比較 conoscere 動詞與 sapere 動詞

　　雖然兩個動詞都表示「知道」的意思，但 conoscere 動詞用於「知識上、資訊上的知道」，sapere 動詞用於「經驗上的知道」。兩個動詞的用途透過以下句型來理解會更加準確。conoscere 動詞的後面主要是接人或場所等名詞作為受詞；sapere 動詞的後面一般接由 come、che、dove、quando 等疑問詞引導的子句。

conoscere + 名詞（人／場所／語言）

Conosci il nuovo professore? 你知道新來的教授嗎？

Conosco bene questo ristorante. 我很了解這家餐廳。

Loro **conoscono** molte lingue. 他們會很多語言。

sapere + 疑問詞 **+** 子句

Sai chi è il nuovo professore? 你知道新來的教授是誰嗎？

Sapete dov'è la biblioteca? 你知道圖書館在哪裡嗎？

Non funziona il wi-fi.

Può provare un'altra volta a mettere la password?

Antonio	Salve, qui è la camera 501.	安東尼奧 您好，這裡是 501 號房。
Receptionist	Buonasera, Signor Conte.	接待員 晚安您好，孔特先生。
Antonio	Ho un problema. Non funziona il wi-fi. Devo inviare una mail importante.	安東尼奧 我有一個問題。Wi-fi 無法運作。我必須寄一封重要的電子郵件。
Receptionist	Può provare un'altra volta a mettere la password?	接待員 您可以試著再輸入一次密碼嗎？
Antonio	Ah, devo mettere una password?	安東尼奧 啊，要輸入密碼嗎？
Receptionist	Certo! È "HotelColosseo".	接待員 當然！是「Hotel Colosseo」。
Antonio	Ah, ok... ma c'è un'altra cosa, non funziona l'aria condizionata. Voglio cambiare camera!	安東尼奧 啊，好的…。但還有一件事，冷氣無法運轉。我想換房間。

生字及表達
camera *f.*房間
funzionare 運作
inviare 寄
importante 重要的
Può provare a ~?
您可以試著～嗎？
un'altra volta 再一次
mettere 放
cambiare 換

對話 TIP

● 表達「OO 先生」時，就如對話中的 Signor Conte 一樣，是從陽性名詞 Signore（表示「～先生」的敬稱）中刪掉最後一個母音 e 之後，再加上姓氏「Signor ＋姓氏」來的，也可縮寫成「Sig. ＋姓氏」。

● 意思是「問題」的 problema 雖然以 -a 結尾，卻是陽性單數名詞。複數形為 problemi。

Conosci il suo nuovo indirizzo di casa?

Non lo conosco.

Sofia	Devo portare questo pacco alla posta. Mi puoi aiutare a metterlo nella mia auto?
Luca	Sì, ti do una mano. Ma dove lo spedisci?
Sofia	Alla zia Antonella. Conosci il suo nuovo indirizzo di casa?
Luca	Non lo conosco, ma posso chiederle se vuoi.
Sofia	A proposito, sai perché la tv nel soggiorno non funziona?
Luca	Um... non lo so. Ora chiamo il tecnico.

蘇菲亞	我得把這個包裹拿到郵局。你能幫我放到我的車上嗎？
盧卡	好，我幫你。但你要把那個寄到哪呢？
蘇菲亞	給安東內拉阿姨。你知道她的新家地址嗎？
盧卡	不知道。不過你要的話，我可以問問她。
蘇菲亞	對了，你知道為什麼客廳裡的電視無法運作嗎？
盧卡	嗯…不知道。我現在打給維修員。

對話 TIP

• dare una mano 與 aiutare 的意思相同，都是「幫助～」的意思。
  Se vuoi, ti do una mano. 如果你要的話，我會幫你。

• a proposito 是在對話中突然想起某件事，或是在提出相關主題時經常使用的表達方式，意思是「對了」。
  A proposito, che mi dici di Giovanna? 對了，你覺得喬瓦娜怎麼樣？

生字及表達
portare 帶來
pacco *m.*包裹
aiutare 幫助
spedire 寄送
indirizzo *m.*地址
chiamare 打電話；叫
tecnico *m.*技術人員，修理工

-ere 動詞

scrivere
寫

prendere
吃；搭乘；拿

bere
喝

vendere
賣

ricevere
收下

scendere
下去

chiudere
關（門窗）

chiedere
詢問；要求

-ire 動詞

aprire
開（門窗）

partire
出發；離開；前往

dormire
睡覺

offrire
提供

salire
上去

preferire
偏好，更喜歡

capire
理解

finire
結束

接受或拒絕提議的表達

接受

Ti va di prendere un caffè?

Certo.

A 你想要去喝一杯咖啡嗎？

B 當然。

B 的其他表達方法

Volentieri. 很樂意。

Con piacere. 很樂意。

Buona idea! 好主意！

Certo che mi va. 當然好啊。

★ ti va di 是從 andare a 而來，「andare a某人 di 做某事」是問某人「想要～」意思的片語。

拒絕

Hai voglia di vedere un film stasera?

Mi dispiace, ma ho un altro impegno.

A 今晚你想看電影嗎？

B 對不起，但我有其他事。

B 的其他表達方法

Non ne ho molta voglia.
我不怎麼想。

Veramente non mi va.
我真的不想。

Scusa, ma non posso.
對不起，但是我無法。

Purtroppo non posso.
很可惜我無法。

★ avere voglia di 是表達「想要～」意思的片語。

文法

1 請在空格中填入合適的助動詞形態，以完成句子。

(1) Roberto non _____ (volere) uscire questa sera.

(2) Mamma, io _____ (potere) restare a casa oggi? Non mi sento bene.

(3) Domani Luigi e Mario hanno un esame, oggi _____ (dovere) studiare tutto il giorno.

(4) Io _____ (volere) cambiare lavoro, ma non è facile.

(5) Scusate, _____ (potere) fare un po' di silenzio, per favore?

★ tutto il giorno 一整天 ｜ silenzio m. 安靜，沉默

2 請在空格中填入合適的直接受詞代名詞，以完成句子。

(1) A Mangi volentieri il gelato?

　　B Sì, _____ mangio.

(2) A Guardi con me la partita?

　　B Sì, _____ guardo volentieri.

(3) Franco, io e Rita abbiamo bisogno di te. Quando _____ aiuti con il trasloco?

(4) A Dove sono i miei biglietti?

　　B Non _____ trovo.

★ partita f. 競賽，比賽 ｜ trasloco m. 移動，搬家

3 請在 conoscere 和 sapere 動詞之中選擇合適的動詞，並變化形態以完成句子。

(1) Tu _____ il fratello di Giorgio?

(2) Io _____ dove abita Giorgia.

(3) Tu _____ perché Luigi non mi chiama?

(4) Voi _____ bene il francese.

(5) Mia madre vuole _____ se io ho un ragazzo.

聽力 ● 請聽錄音，並回答下列問題。

(1) 以下何者並非顧客所提出的問題。

① il bagno　　　　　② il wi-fi

③ l'aria condizionata　④ la finestra

(2) 請選出顧客最後想要的東西是什麼。

① chiamare il tecnico.　② pulire il bagno.

③ cambiare il letto.　　④ cambiare camera.

★ disastro *m.* 亂七八糟

閱讀 ● 請閱讀下列對話，並回答問題。

A　① <u>Conosci</u> Angela?

B　Sì, ⓐ_____ conosco bene. È la mia coinquilina.

A　Mi puoi dare il suo numero di telefono? Voglio invitar ⓑ_____ a cena stasera.

B　② <u>Conosci</u> cucinare?

A　Sì, abbastanza. Ma ③ <u>sai</u> se Angela è vegetariana?

B　No, non lo ④ <u>so</u>. Le chiedo se mangia la carne.

(1) 請在①～④中找出被錯誤使用的 sapere 或 conoscere，並將其更正。

(　　　　　　　) → (　　　　　　　)

(2) 請寫出能夠同時填入空格ⓐ和ⓑ的直接受詞代名詞。

→ _____

(3) 請選擇所有與上述對話內容一致的內容。

① 安琪拉是個素食主義者。

② A 想邀請安琪拉吃晚餐。

③ B 知道安琪拉的電話號碼。

④ A 不太會做菜。

★ coinquilino/a 室友 ｜ vegetariano/a 素食主義者

文藝復興的起源地，義大利

　　文藝復興始於 13 世紀下半葉的義大利，是持續了約莫兩個世紀的文化運動，成為了近代歐洲文化萌芽的搖籃。文藝復興在義大利語中被稱為Rinascimento，意思是再生與復活。這個字的詞源來自於喬爾喬瓦薩里在分析米開朗基羅作品的過程中，所使用的「rinascita（復活）」一詞。此後，法國歷史學家儒勒米什萊將其翻譯為法語，並加以使用，使其成為普遍的用語。文藝復興以古希臘、羅馬文化為理想，旨在復興學問或藝術，並創造新的文化。文藝復興的基本精神為人文主義。發現了並非以神為核心，而是以人類為核心的古代世界觀，也就是人文主義，並將主要關注的焦點擺在人類的價值上。作為古羅馬帝國的中心，義大利不僅是將古典時代的傳統保存地最完整的國家，再加上從10世紀開始便以工商業為基礎、累積不少財富的諸多自治城邦之成長，具備投資學問以及藝術的經濟能力，足以成為文藝復興起源地。

李奧納多達文西

拉斐爾

　　早期的文藝復興以燦爛繁榮的佛羅倫斯為中心，使美術得以發展。如果說波提且利、布魯內萊斯基、多納泰羅等畫家在文藝復興初期引領了美術的風潮，那麼引領文藝復興抵達美術全盛期的人物，便是被稱為文藝復興三大巨匠的米開朗基羅、李奧納多達文西以及拉斐爾。米開朗基羅繼承了佛羅倫斯派的畫風，大大地振興了文藝復興時期的美術，也影響了文藝復興後出現的巴洛克風格。其代表作有《聖殤》、《創世紀》、《最後的審判》。佛羅倫斯出身的科學家、哲學家兼藝術家李奧納多達文西在繪畫、建築、醫學、科學等多方面展現了其才能。他使用了被稱為文藝復興繪畫中最偉大的發明，即特有的暈塗法（sfumato），來完成了名聞遐邇的《蒙娜麗莎》。他的另一幅曠世鉅作《最後的晚餐》以遠近法及左右對稱的構圖展現了幾何之美。拉斐爾追求理想的人性之美，是完成文藝復興古典藝術的人物，代表作品有《嘉拉提亞的凱旋》、《所羅門審判》、《雅典學院》。

米開朗基羅

雅典學院

聖殤

Mi piace il gelato.

我喜歡冰淇淋。

- 間接受詞代名詞
- piacere 動詞
- 兩個受詞代名詞的情況
- potere, sapere, riuscire 的差異比較

Le piace il caffè?
您喜歡咖啡嗎？

Sì, mi piace molto.
是的，我非常喜歡。

● 間接受詞代名詞

間接受詞代名詞指的是「給～、為～」，分成放在動詞前面的**非重讀形**以及放在動詞後面的**重讀形**。一般來說常使用非重讀形。

	非重讀形	重讀形	意思
io	mi	a me	（給）我
tu	ti	a te	（給）你
lui/lei/Lei	gli/le/Le	a lui/a lei/a Lei	（給）他／她／它／您
noi	ci	a noi	（給）我們
voi	vi	a voi	（給）你們
loro	gli	a loro	（給）他們／她們／它們

A　Telefoni <u>a tuo padre</u> ogni giorno? 你每天給你爸爸打電話嗎？

B　No, non **gli** telefono quasi mai. 不，我幾乎不打電話給他。

A　Telefoni <u>ai tuoi genitori</u> ogni giorno? 你每天給你父母打電話嗎？

B　Sì, **gli** telefono ogni giorno. 是的，我每天打電話給他們。

● piacere 動詞

piacere 動詞根據人稱會有不規則變化，在表達「喜歡～」的時候使用。但是嚴格來說，piacere 是間接受詞所使用的動詞，其字面意思為「對～感到滿意」，所以主詞並不是「喜歡」這個行為的主體，而是讓人喜歡的人事物。piacere 動詞要跟主詞（讓人喜歡的人事物）保持數量的一致。

	間接受詞	動詞	主詞	
piace + 單數名詞	A Mario	**piace**	il gelato.	瑪利歐喜歡冰淇淋。
piacciono + 複數名詞	A lui	**piacciono**	i cioccolatini.	他喜歡巧克力。
piace + 動詞原形	Gli	**piace**	leggere.	他喜歡讀書。

注意

在否定句中，當使用間接受詞代名詞的重讀形和非重讀形時，否定詞 non 的位置會有所不同。

<u>Non</u> mi piace il mare.（= A me non piace il mare.） 我不喜歡海。

Mi presenti Marco?
你可以把馬可介紹給我嗎？

Sì, te lo presento.
好的，我把他介紹給你。

● 兩個受詞代名詞的情況

　　主要是指**直接**受詞代名詞和**間接**受詞代名詞，同時出現在同一個句子的情況。意思是「那個」的直接受詞代名詞 lo、la、li、le 和間接受詞代名詞一起使用時，要按照「間接受詞代名詞＋直接受詞代名詞」的順序，一起放在動詞之前。

間接　＼　直接	lo	la	li	le
mi	me lo	me la	me li	me le
ti	te lo	te la	te li	te le
gli/le/Le	glielo	gliela	glieli	gliele
ci	ce lo	ce la	ce li	ce le
vi	ve lo	ve la	ve li	ve le
gli	glielo	gliela	glieli	gliele

Maria presta la macchina a me.
瑪莉亞把車借給我。

→ Maria **me la** presta. 瑪莉亞借我那個。

參考
在間接受詞代名詞是第 3 人稱單數（gli/le/Le）和複數（gli）的情況下，就要在間接受詞代名詞和直接受詞代名詞之間加入連接詞 e，中間不空格，直接變成一個單字，例如 gli＋lo 變成 glielo。

● potere, sapere, riuscire 的差異比較

　　表達「可以～、能～」的動詞除了 potere 以外，還有 sapere 和 riuscire。但是這三個動詞之間有微妙的差異。potere 是指根據外在因素來決定的條件，帶有「可能～，能～，可以～」的意思；而意思為「知道」的 sapere 指的是學習或經驗上的「會～」的意思；riuscire 是指根據精神上、體能上的能力或狀態，表示「能做到～」的意思。

potere ＋ 動詞原形 可能～，能～，可以～	Non **posso** guidare perché ho solo 10 anni. 因為我只有10歲，所以我不能開車。
sapere ＋ 動詞原形 會～（透過學習、經驗等方式習得）	**So** guidare. 我會開車。
riuscire ＋ a ＋ 動詞原形 做到～（藉由精神上、體能上的能力）	Non **riesco** a guidare perché sono troppo stanco. 因為我太累了，所以沒辦法開車。

Sai se a Sofia piace il polpettone?

Non le piace.

Mina	Sai se a Sofia piace il polpettone?
Luca	Non le piace e poi non mangia carne, perché è vegetariana.
Mina	Ah, allora, cosa mi consigli di preparare per cena?
Luca	Puoi cucinare un piatto a base di verdure.
Mina	Uhm, ho degli asparagi. Li condisco con il burro.
Luca	Secondo me Sofia non mangia nemmeno il burro. Per essere sicuro le telefono e glielo chiedo.

米娜 你知道蘇菲亞喜不喜歡肉捲嗎？

盧卡 她不喜歡那個，也不吃肉，因為她是素食主義者。

米娜 啊，那麼你建議我晚餐準備什麼？

盧卡 你可以準備用蔬菜為基底的料理。

米娜 嗯，我有一點蘆筍。我用奶油調味（它們）。

盧卡 在我看來，蘇菲亞連奶油也不吃。為了確認，我打電話問她。

生字及表達

polpettone *m.*肉捲（把搗碎的肉，捲成長棍麵包形狀，所製作而成的烘烤料理）
preparare 準備
cena *f.*晚餐
cucinare 料理，做菜
piatto *m.*料理，盤子
a base di 以～為基礎
condire 調味
secondo me 在我看來，我認為
non ~ nemmeno 連～也不
per essere sicuro 為了確認
chiedere 詢問，要求

對話 TIP

在 sapere se 中，se 本來是「如果」的意思，在假設句中使用，但是和 sapere 動詞一起使用的話，就會是「知道～是否～、知道～會不會～」的意思。

Voglio sapere se funziona il computer. 我想知道電腦是否能運作。
Sai se Maria viene alla festa? 你知道瑪莉亞會不會來嗎？

Non riesco ad avviarla.

Deve premere il tasto "Avvio".

Antonio	Pronto?	安東尼奧	喂？
Mina	Sono Mina. Posso parlare con la signora Ferrari, per favore?	米娜	我是米娜。請問我可以跟法拉利太太說話嗎？
Antonio	Lei è molto impegnata al momento.	安東尼奧	她現在非常忙碌。
Mina	Ho bisogno di chiederle alcune informazioni.	米娜	我需要問她一些事情。
Antonio	Chieda a me.	安東尼奧	問我吧。
Mina	Ah... va bene. Per caso sa usare la lavatrice? Non riesco ad avviarla.	米娜	啊…好的。你碰巧知道怎麼使用洗衣機嗎？我無法啟動它。
Antonio	Deve premere il tasto "Avvio".	安東尼奧	你得按下「開始」按鍵。
Mina	Ah, finalmente comincia a funzionare.	米娜	啊，終於開始運作了。

生字及表達

Pronto? 喂？
impegnato/a 忙碌的
momento m. 瞬間，片刻
avere bisogno di + 動詞原形 有～的需要
informazione f. 資訊
per caso 或許，碰巧
avviare 開始，使～開始（運作）
premere 按
tasto m. 按鍵，按鈕
avvio m. 開始
finalmente 最後，終於

對話 TIP

當直接受詞代名詞（或是間接受詞代名詞）與助動詞出現在同一個句子時，直接／間接受詞代名詞放在助動詞前面，或是刪掉動詞的最後一個母音 e，並把代名詞接在動詞字尾。

Puoi aiutar<u>mi</u> = <u>Mi</u> puoi aiutare? 可以幫我嗎？
A Posso guardare la tv? 我可以看電視嗎？
B Sì, <u>la</u> può guardare. (= Sì, può guardar<u>la</u>.) 是的，您可以看（它）。

水果

mela
m. 蘋果

uva
f. 葡萄

ananas
m. 鳳梨

fragola
f. 草莓

arancia
f. 柳橙

limone
m. 檸檬

ciliegia
f. 櫻桃

anguria
f. 西瓜

fico
m. 無花果

albicocca
f. 杏桃

pesca
f. 水蜜桃

pera
f. 梨子

蔬菜

carota
f. 紅蘿蔔

pomodoro
m. 番茄

melanzana
f. 茄子

peperone
m. 辣椒

cipolla
f. 洋蔥

aglio
m. 大蒜

zucchina
f. 櫛瓜

patata
f. 馬鈴薯

zucca
f. 南瓜

cetriolo
m. 小黃瓜

cavolfiore
m. 白花椰菜

broccolo
m. 花椰菜

lattuga
f. 萵苣

spinaci
m. 菠菜

pisello
m. 豌豆

sedano
m. 芹菜

電話用語

Pronto!

Chi parla?

A 喂！

B 您是哪位呢？

B的其他表達方式

Con chi parlo? 您是哪位呢？

Posso parlare con Matteo, per favore?

Glielo passo.

A 我可以和馬太歐通話嗎？

B 我把電話轉接給他。

B的其他表達方式

Non c'è in questo momento.
他現在不在。

Mi dispiace, deve avere il numero sbagliato.
對不起，您打錯電話了。

▸ passare 傳送，轉交 ｜
sbagliato/a 錯誤的，失誤的

Vuole lasciare un messaggio?

Può dirgli di chiamarmi?

A 您要留留言嗎？

B 您能轉告他請他回電給我嗎？

參考

拒絕推銷電話時

Mi dispiace, non sono interessato.
對不起，我沒興趣。

Mi dispiace, al momento sono occupato.
對不起，我現在很忙。

文法

1　請在空格中填入合適的間接受詞代名詞，來完成句子。

(1) Per il compleanno di mio marito, _____ voglio regalare un buon libro.

(2) Maria, _____ piacciono gli spaghetti alla carbonara?

(3) Signorina, _____ posso offrire qualcosa da bere?

(4) Marco, _____ dai un bicchiere d'acqua? Ho sete.

(5) Ragazzi, _____ posso fare una domanda?

2　請參考 範例 ，將合適的兩個受詞代名詞填入空格並完成句子。

範例
A　Scrivi una mail a Lucia?
B　Sì, _gliela_ scrivo.

(1) A　Mamma, mi fai il caffè?
B　Sì, _____ faccio.

(2) A　Ci spieghi la grammatica?
B　Sì, _____ spiego volentieri.

(3) A　Mi puoi prestare la macchina fotografica?
B　Sì, _____ presto.

(4) A　Mandi tu un messaggio a Luigi?
B　Sì, _____ mando.

3　請在 potere, sapere, riuscire 之中選擇合適的動詞，並變化形態以完成句子。

(1) Tu _____ venire a giocare a carte con noi stasera?

(2) Ragazzi, _____ parlare fluentemente l'inglese, complimenti!

(3) Io non _____ a capire, parla troppo velocemente.

(4) Non _____ uscire stasera perché dobbiamo preparare l'esame.

(5) Marta _____ suonare il pianoforte molto bene.

聽力 ● 請聽錄音，並回答下列問題。

(1) 請選出錄音中兩人談論的話題。
　　① 莎拉的生日禮物　　② 艾伯特的生日
　　③ 瑪莉亞的生日禮物　　④ 瑪莉亞的生日派對

(2) 莎拉和艾伯特個別會送的禮物是什麼，請選出正確的選項。
　　① 花束 – 書　　② 書 – 花束
　　③ 書 – 信　　④ 信 – 書

★ mazzo di fiori 花束

閱讀 ● 請閱讀下列文章，並以中文回答問題。

Salve, mi chiamo Sonia. Io sono una ragazza attiva.
Mi piace fare sport. Il fine settimana gioco a bowling
con gli amici. So giocare a bowling molto bene.
Mi piace anche fare yoga. Ogni mattina pratico yoga
con le mie sorelline, perché lo yoga fa bene alla
salute. Non mi piace stare tutto il giorno in casa.

(1) La domenica che cosa fa Sonia?

　→ _____

(2) Perché Sonia pratica lo yoga?

　→ _____

(3) Che cosa non le piace?

　→ _____

歌劇的誕生地——義大利

所謂「歌劇」這一藝術形態，是義大利文藝復興的成果之一，並於 16 世紀登場。在佛羅倫斯藝術家們的主導下所誕生的歌劇，普及到義大利全國各地區，包括威尼斯和拿坡里在內，這成為了現代歌劇的起源。可被稱為歌劇的濫觴之作的，是 1598 年在佛羅倫斯演出的音樂劇《達芙妮（Dafne）》。

斯卡拉劇場

引領了 19 世紀堪稱是義大利歌劇全盛時期的歌劇界巨擘，都是我們相當熟悉的作曲家。義大利的傳統唱法，即所謂「美聲唱法（bel canto）」的代表作曲家焦阿基諾·羅西尼（Gioacchino Antonio Rossini）、文琴佐貝利尼（Vincenzo Bellini），以及以葛塔諾董尼采第（Gaetano Donizetti）為首，以及完成了寫實主義風格歌曲的朱塞佩威爾第（Giuseppe Verdi），還有以《杜蘭朵》聞名的賈科莫普契尼（Giacomo Puccini）等人。

全世界最早的歌劇院是於 1637 年開幕座落於威尼斯的聖卡西亞諾歌劇院（Teatro San Cassiano）。目前在義大利最活躍的歌劇院，是位於米蘭的斯卡拉劇場（Teatro alla Scala），以及位於維洛納的歌劇院—維洛納圓形競技場（Arena di Verona）。特別是在每年的 6 月到 9 月之間，都會在此圓形競技場舉行世界性的歌劇節。在歌劇節期間，會舉行 50 場以上的演出，演出時間是在月色朦朧的晚上 9 點左右。關於維洛納圓形競技場，是個在 1 世紀建造而成的古羅馬圓形劇場，規模可容納約 3 萬名觀眾。但是出於安全上的考量，每場演出只允許讓 1 萬 5 千名觀眾入場。在競技場演出的第一部 20 世紀的歌劇作品，是朱塞佩威爾第的《阿依達（Aida）》。在那之後，多部 19 到 20 世紀歌劇巨擘的作品也在此演出，此外還被使用為歌手的演唱會場地。曾經展開過劍鬥士比賽的古代圓形競技場，在經過兩千年的歲月以後，仍然是歷史的一部分，同時也是義大利人生活的一部分。

Ti va di venire al cinema?

你要去電影院嗎?

- andare, venire 動詞

- 詢問與回答交通工具方式

- 詢問所需時間

Dove vai?
你要去哪裡？

Vado al supermercato.
我要去超市。

● andare, venire 動詞

	andare 去	venire 來
io	vado	vengo
tu	vai	vieni
lui/lei/Lei	va	viene
noi	andiamo	veniamo
voi	andate	venite
loro	vanno	vengono

andare 動詞

與表示方向的介系詞 a、in 一起使用，主要表示目的地和目的。

目的地	andare + a/in + 場所 去～	A　Dove **vai/va**? 你／您要去哪裡？ B　**Vado** a casa. 我要回（去）家。
目的	andare + a + 動詞原形 去做～	A　Dove **vai/va**? 你／您要去哪裡？ B　**Andiamo** a cenare. 我們要去吃晚餐。

venire 動詞

　　義大利語中表達「去／來」 的方式和中文稍微有些差異。venire 動詞雖然是「來」的意思，但若是前往對方所在的地方，或是與對方一起（con ＋對方）去的時候，此時不是使用 andare，而是使用 venire。

Vengo da te. 我去你們家。　　　　**Vieni** con noi al mare? 你要跟我們一起去海邊嗎？

搭配使用的介系詞

　　要表示目的地時，通常會在國家名前面使用 in；在城市名前面使用 a，但是除此之外，介系詞會根據不同場所名詞而有所不同。　　參考 p.228

Andiamo <u>in</u> inghilterra a vedere una partita del Tottenham.
我們要去英國看托特納姆熱刺隊比賽。

Vengo volentieri <u>al</u> ristorante con te! 我很樂意跟你一起去餐廳！

　　介系詞 da 之後接人名、人稱代名詞或職業名，即表示此人住家或工作的地方。

Vado <u>da</u> Luigi. 我去路易吉的家。　　　**Vado** <u>dal</u> dentista. 我去牙醫診所。

Come torni a casa?
你怎麼回家？

Torno con l'autobus.
我搭公車回家。

● 詢問與回答交通工具方式

　　表達「搭乘～（交通工具）」時，使用如下方「andare ＋介系詞 con/in」的形式，或是使用 prendere，以「prendere ＋交通工具名詞」的形式。

andare ＋
con ＋ 定冠詞 ＋ 交通工具
in ＋ 交通工具
搭乘～（交通工具）去

A Come andate a scuola? 你們怎麼去學校？
B **Andiamo** in autobus/con l'autobus. 我們搭公車去。

prendere ＋ 定冠詞 ＋ 交通工具　搭乘～（交通工具）

A Come andate a scuola? 你們怎麼去學校？
B **Prendiamo** la metropolitana. 我們搭地鐵。

● 詢問所需時間

　　利用疑問詞 quanto 和意思為「需要～」的動詞 volerci 可以詢問所需時間。不僅是交通工具所需的時間，也用於詢問一般行為需要的時間。

Quanto tempo ci vuole ＋
in/con ＋ 交通工具　搭（交通工具）需要多久的時間？
per ＋ 動詞原形（行為）　做～需要多久的時間？

A **Quanto tempo ci vuole** in treno? 坐火車需要多久的時間？
B Ci vuole 1 ora. 需要一小時。

A **Quanto tempo ci vuole** per preparare la cena? 準備晚餐需要多久的時間？
B Ci vogliono almeno 2 ore. 至少需要兩個小時。

> **參考**
> volerci 動詞只以第 3 人稱形式使用。所需的時間若為單數時，使用 ci vuole；
> 若為複數時，則變化為 ci vogliono，詞綴 ci 的形態不變，固定位於動詞前面。

Ti va di venire alla partita di calcio con me?

Mi dispiace, ma devo andare dal dentista.

Luca　Che fai questo pomeriggio? Ti va di venire alla partita di calcio con me?

Mina　Mi dispiace, ma devo andare dal dentista.

Luca　Va bene, alla prossima allora.

Mina　Perché invece non andiamo al cinema questo fine settimana? Ho due biglietti gratis!

Luca　Buona idea! C'è qualcosa di bello da vedere?

Mina　Non lo so, ora guardo su internet.

盧卡　你今天下午要做什麼？你要跟我去看足球比賽嗎？

米娜　對不起，我得去看牙醫。

盧卡　好吧，那就下次吧。

米娜　我們這個周末何不去看場電影呢？我有兩張免費的電影票！

盧卡　好主意！有什麼好看的嗎？

米娜　不知道，我現在在網路上看看。

對話 TIP

Ti va di~? 的意思是「～怎麼樣？」、「想要～嗎？」，是提議的用法。di 的後面接動詞原形。直譯這句話，意思是「～對你來說適合嗎？」。
A Ti va di prendere un caffè? 要喝一杯咖啡嗎？
B Sì, volentieri. 好，很樂意。

生字及表達
partita *f.*比賽
calcio *m.*足球
dentista *m.f.*牙醫師
Perché non＋（主詞）＋動詞？
何不～？；為什麼不～？
invece 相反地，反而
biglietto *m.*票
gratis 免費的
Buona idea! 好主意！

Ci vogliono circa
dieci minuti.

Quanto tempo ci
vuole con l'autobus?

Mina	Scusi, che autobus devo prendere per andare in piazza dei Miracoli?
Passante	Può prendere il 13.
Mina	Passa di qua?
Passante	Sì, mi sa che arriva tra un po'.
Mina	Quanto tempo ci vuole con l'autobus?
Passante	Ci vogliono circa dieci minuti, invece a piedi venti minuti.
Mina	A quale fermata devo scendere?
Passante	È facile, deve scendere al capolinea.

米娜	不好意思，要去奇蹟廣場應該搭哪班公車？
路人	您可以坐 13 號。
米娜	會經過這裡嗎？
路人	是的，但我想等一下就會到了。
米娜	搭公車要花多久的時間呢？
路人	大約要十分鐘，但是走路去的話要二十分鐘。
米娜	我應該要在哪一站下車？
路人	很簡單，在終點站下車就行了。

對話 TIP

- mi sa che 的意思是「我認為～」，從字面意義上來看雖然看似是主觀想法的表達，但 che 後面接的句子主要是直陳式（請見下方例句）。此外，mi sa che 只用於第 1 人稱單數的情況，而且不用於否定句（如 non mi sa）。
  Mi sa che fuori piove. 我認為外面在下雨。
  Mi sa che è meglio fare così. 我覺得那樣做好像比較好。

- a piedi 是「步行」的意思，in piedi 是「站著」的意思。
  Vado a scuola a piedi. 我走路去學校。
  Il cameriere sta in piedi tutto il giorno. 那位服務生站了一整天。

生字及表達
piazza f.廣場
passare 經過
qua 這裡
tra 在～之間；在～以後
volerci 需要～（多長時間）
circa 大約
fermata f. 站牌
scendere 下車
facile 簡單的
capolinea m.總站，終點站

交通工具

autobus
m. 公車

metropolitana (metro)
f. 地鐵

macchina, auto
f. 汽車

bicicletta (bici)
f. 自行車

taxi, tassi
m. 計程車

motocicletta (moto)
f. 摩托車

treno
m. 火車

aereo
m. 飛機

a piedi
步行

vaporetto
m. 水上巴士

tram
m. 路面電車

搭乘交通工具時的表達

Quest'autobus
arriva alla stazione?

Sì, certamente.

A 這輛公車有到車站嗎？

B 是的，當然。

Dove posso prendere
l'autobus per l'aeroporto?

C'è una fermata
dell'autobus proprio
davanti all'ingresso.

A 我可以在哪裡搭乘去機場的
公車？

B 入口前面就有一站。

▸ ingresso m. 入口

Da quale binario parte
il treno per Milano?

Dal binario 13.

A 開往米蘭的火車在幾號月台
發車？

B 13 號月台。

▸ quale 哪個 ｜ binario m. 月台

文法

1　請在 andare 或 venire 動詞之中選擇合適的動詞，變化成正確的形態，以完成句子。

(1) Marco _____ sempre a scuola a piedi?

(2) Non posso _____ con te in discoteca.

(3) Domani Laura e Claudio _____ a Roma.

(4) Stasera, tutti i miei amici _____ a cena da me.

2　請在空格中填入合適的介系詞，以完成句子。

(1) Luigi va _____ biblioteca ogni giorno.

(2) Questa sera andiamo _____ trovare Rita.

(3) Devo andare _____ medico.

(4) Questo fine settimana non vado _____ montagna, ma _____ mare.

3　請看圖片，並將符合圖片情境的選項連接起來，以完成句子。

(1)

Minho va　●　　● ① a nuotare　●　　● ⓐ al mercato.

(2)

Marta va　●　　● ② a fare la spesa　●　　● ⓑ all'università.

(3)

Roberto va ●　　● ③ a mangiare ●　　● ⓒ in pizzeria.

(4)

Maria va　●　　● ④ a studiare　●　　● ⓓ al mare.

聽力 ● 請聽錄音，並回答下列問題。

(1) Dove va Maria?

　　① all'aeroporto　　　　② alla posta

　　③ in Francia　　　　　④ al supermercato

(2) Con che cosa ci va?

　　① con la metro　　　　② con l'autobus

　　③ con il taxi　　　　　④ con il treno

(3) Quanto tempo ci vuole?

　　① 1 ora　　　　　　　② 30 minuti

　　③ 3 ore　　　　　　　④ 1 ora e 30 minuti

閱讀 ● 請閱讀下列對話，並回答問題。

Anna　　Ciao, ragazzi, venite da me stasera?

Roberto　Sì, io vengo, e tu Linda?

Linda　　Anch'io posso venire, ma devo prima passare in lavanderia.

Anna　　Allora a che ora pensi di arrivare?

Linda　　Verso le 8. È troppo tardi?

Anna　　Non c'è problema!

Roberto　Ma... ⓐ_____ per arrivare a casa tua dall'università?

Anna　　Ci vogliono 10 minuti a piedi.

(1) 請選出最適合填入空格ⓐ的表達。

　　① Con che cosa vai　　　　② Quanto tempo ci vuole

　　③ Dove posso prendere l'autobus　④ Vengo volentieri

(2) 請選擇與上述對話內容一致的選項。

　　① 安娜邀請朋友們到家裡。

　　② 羅伯特會拿喝的來。

　　③ 安娜的家在離學校步行十分鐘的距離。

　　④ 琳達要去洗衣店，所以不能去安娜的家。

★ lavanderia f. 洗衣店

義大利的交通工具

義大利最常見的交通工具是巴士，而在米蘭和羅馬等大城市，地鐵和路面電車（tram）也是主要的交通工具。此外，無論是大城市或小城鎮都有很多人使用，且環保的交通工具，便是自行車。另外，在威尼斯還有一個特別有魅力的交通工具─水上巴士（vaporetto）。

公車 Autobus

　　義大利的巴士分為市區路線（市區巴士 urbano）以及前往郊區的路線（市郊巴士 extraurbano），是個移動範圍較廣的交通工具。

公車運行的時間分為夏季和冬季，且平日和週末的運行時間也不同。可以在各處的香菸店（tabacchi）或是街上的報攤（edicola）購買車票。除此之外，也可以直接向巴士司機購買，或是簡便地透過手機購買。紙本車票在上車的同時，必須插進剪票機裡打洞，在 70 分鐘內可多次換乘。2020 年以後，義大利引進了可以儲值的儲值卡。

路面電車 tram

　　目前在義大利大部分區域的路面電車開始有停駛的趨勢。然而，在杜林、米蘭和佛羅倫斯等幾個主要城市還是有在運行。路面電車和公車一樣，因為皆行駛在路面，因此省去了要爬上爬下的麻煩。不過由於路面電車主要是在城市內近距離之間的交通方式，因此相較於公車和地鐵，路面電車的移動範圍有限。

地鐵 metropolitana

　　義大利有 7 個城市（米蘭、羅馬、拿坡里、布雷西亞、杜林、熱那亞）設有地鐵系統。米蘭地鐵的路線規模最大，共有 4 條路線。羅馬的地鐵有 3 條路線。由於大城市的地鐵相當擁擠，扒手猖獗，所以必須多加注意。

公共自行車 bici pubbliche

　　在羅馬、米蘭、佛羅倫斯、拿坡里等主要城市通行的公共自行車，是既環保又節約的交通工具。可以想成是和台灣 youbike 一樣原理的大眾自行車。

雖然每個地區有所差異，但基本的原理是一樣的。使用券分為一日券、一週券和定期券（30 天、90 天、6 個月、一年），可依使用者的情況來使用。

水上巴士 vaporetto

　　水上之都威尼斯沒有公車或地鐵，但是有水上巴士 vaporetto。水上巴士是在威尼斯各地移動速度最快的交通工具，同時也是在日落時能夠欣賞威尼斯風景的旅遊方式。單次的搭乘券為 7.5 歐元（以 2022 年基準），因為價格較貴，因此根據停留時間，使用 24 小時、48 小時、72 小時的搭乘券可能會更有用。

Che cosa preferisce?

您比較喜歡哪一個？

- 比較級
- 最高級
- 表達偏好

Tu sei più alto di Mario?
你比瑪利歐高嗎？

No, lui è più alto di me.
不，他比我高。

● 比較級

比較級包括同等比較級、優等比較級以及劣等比較級。

同等比較級

當要表達「A 和 B 一樣～」，即 A 和 B 兩者有同樣的比較結果時，用 così ~ come、tanto ~ quanto 來表達。così 和 tanto 通常會被省略。

① 名詞／代名詞之間的比較

> A + 動詞 + (così/tanto) + 形容詞 + come/quanto + B

Maria è **(così/tanto)** felice **come/quanto** Susanna. 瑪莉亞跟蘇珊娜一樣幸福。

② 形容詞／動詞之間的比較

> 主詞 + 動詞 + (tanto) + A + quanto + B

Amo **(tanto)** correre **quanto** camminare. 我喜歡跑步就像喜歡走路一樣。

優等、劣等比較級

是指表達「A 比 B 更（più）～／更不（meno）～」意思的句子，用於比較兩個性質相同的對象。此時，表示「比～」的介系詞有 di 和 che 兩種，要根據比較對象的性質來使用。若為名詞／代名詞之間的比較，要用 di；形容詞／動詞／副詞／介系詞之間的比較，則使用 che。

① 名詞／代名詞之間的比較

> 參考
> 縱使是名詞之間的比較，但在比較數量時，名詞間的比較也會使用 che。
> Gli italiani bevono più vino che birra. 義大利人喝紅酒比喝啤酒還要多。

| 名詞 | L'aereo è **più** veloce **del** treno. 飛機比火車快。 |
| 代名詞 | Luigi lavora **meno di** me. 路易吉工作做得比我少。 |

② 形容詞／動詞／副詞／介系詞片語之間的比較

形容詞	Anna è **più** bella **che** carina. 安娜比起可愛，更漂亮。
動詞	Dormire è **più** facile **che** studiare. 睡覺比讀書簡單。
副詞	Meglio tardi **che** mai. 遲到總比不到好。
介系詞	Viaggio **più** volentieri in aereo **che** in treno. 比起搭火車，我更喜歡搭飛機旅行。

134

Ed è anche economico.
而且也很便宜。

Questo cappello è bellissimo.
這頂帽子非常漂亮。

● 最高級

最高級分為在限定範圍內表達「最優秀／劣等」的相對最高級，以及沒有比較對象，沒有範圍地表達「最～」的絕對最高級。

相對最高級

定冠詞 + 名詞 + **più/meno** + 形容詞 + **di ...** 在…之中最～

Maria è la ragazza **più** intelligente **della** classe. 瑪莉亞是班上是最聰明的孩子。
È il libro **meno** difficile **del** mondo. 這是世界上最簡單的書。

絕對最高級

若是沒有範圍限制，要單純表達「非常～；極為～」的意思的話，就只要在形容詞後面加上 -issimo 即可，不過要先省略形容詞的最後一個母音，再加上此後綴。另外，因為是形容詞，所以要隨修飾的名詞做字尾變化。

bello
interessante + issimo → bellissimo
interessantissimo

> **參考**
> 如果形容詞是以 -co、-go
> 結尾，則要去掉 o 再加上
> h 來進行變化。
> ricco → ricchissimo
> lungo → lunghissimo

Questo gelato è **buonissimo**. 這個冰淇淋極為美味。
È una notizia **bellissima**! 那真是一個大好的消息！

● 表達偏好

可以利用 preferire 動詞來表達「比較喜歡～；比起～更喜歡～」的意思。

preferire A a B 比起 B 更喜歡 A；喜歡 A 勝過於 B

A **Preferisci** il caffè o il tè? 你比較喜歡咖啡還是茶？
B **Preferisco** il tè. 我比較喜歡茶。
C **Preferisco** il caffè al tè. 我比起茶，更喜歡咖啡。

Il prosciutto di Parma è più dolce di quello di San Daniele.

Prendo quello di Parma.

Salumiere	Che cosa desidera?
Marta	Vorrei un etto di prosciutto crudo.
Salumiere	Il prosciutto di Parma è più dolce di quello di San Daniele.
Marta	Prendo quello di Parma.
Salumiere	Le serve qualcos'altro?
Marta	Mi servono un po' di olive.
Salumiere	Abbiamo le migliori olive nere. Sono in offerta speciale.
Marta	Benissimo, prendo mezzo chilo.

熟食店老闆	您需要什麼？
瑪塔	我想要 100 公克的生火腿。
熟食店老闆	帕瑪火腿比聖丹尼爾火腿更甜。
瑪塔	我要帕瑪火腿。
熟食店老闆	還需要其他東西嗎？
瑪塔	我要一些橄欖。
熟食店老闆	我們有最好的橄欖。它們在特價中。
瑪塔	太好了，我要 500 公克。

生字及表達

desiderare 想要，希望
vorrei 想要（volere 的條件式第一人稱單數）
etto m. 100公克（g）
crudo/a 生的
dolce 甜的
Le serve qualcos'altro? 您還需要其他東西嗎？
essere in offerta speciale 特價中
mezzo 一半，二分之一
chilo m. 公斤（kg）

對話 TIP

• 「a + 人／間接受詞代名詞 + servire + 受詞」是「需要～」的意思。
Mi(=A me) servono dei documenti. 我需要幾張文件。

• migliore 是形容詞 buono 的比較級，是與 più buono（更好的）相同的表達方式。如果在 migliore 前面加上定冠詞，便會是「最好的」的最高級表達。
Maria è la mia migliore amica. 瑪莉亞是我最好的朋友。

Questa a fiori o quella viola?

Preferisco quella viola.

Sofia	La gonna mi sta bene, ma vorrei anche una camicetta come quella in vetrina.
Commesso	Questa a fiori o quella viola?
Sofia	Preferisco quella viola. Ho già una camicetta come questa a fiori. Quanto costa?
Commesso	40 euro.
Sofia	È un po' cara. Non ne avete una più economica?
Commesso	Mi dispiace, ma non abbiamo camicette a prezzo inferiore. È la più economica che abbiamo.

蘇菲亞	這件裙子很適合我，但是我也想要一件跟展示櫃裡一樣的襯衫。
店員	這件花紋的，還是紫色的？
蘇菲亞	我比較喜歡紫色的。我已經有一件像這件有花紋的襯衫了。多少錢？
店員	40 歐元。
蘇菲亞	有一點貴。你們沒有更便宜的嗎？
店員	很抱歉，但是我們沒有價格更便宜的襯衫了。這是我們所擁有的（衣服之中）最便宜的。

對話 TIP

- stare bene a + 人：很適合～
  stare bene 雖然是「過得很好」的表達方式，但想要說衣服或配件「很適合」的時候也會使用此句型。
  Questa giacca Le sta proprio bene。這件夾克真的很適合您。
  Quella maglietta mi sta stretta。那件短袖襯衫對我來說太小了。

- 使用意思是「花費～（價格、費用）」的動詞 costare，便能詢問價格了。
  A Quanto costa un biglietto del cinema? 電影票多少錢？
  B Costa 10 euro. 10 歐元。

生字及表達
gonna f.裙子
camicetta f.襯衫（女性）
vetrina f.展示櫃
caro/a 昂貴的
economico/a 便宜的，實惠的
inferiore 更低的，低等的

衣服

camicia
f. 襯衫

maglietta
m. 短袖襯衫

maglione
m. 毛衣

giacca
f. 夾克

cappotto
m. 大衣

gonna
f. 裙子

pantaloni
m. 褲子

calzini
m. 襪子

cravatta
f. 領帶

cappello
m. 帽子

guanti
m. 手套

sciarpa
f. 圍巾

scarpe
f. 鞋子

stivali
m. 靴子

completo
m. 西裝

vestito
m. 洋裝

樣式與材質

a fiori
花紋

a righe
條紋

**a quadri,
a scacchi**
格紋

a pois
圓點

di lana
羊毛的

di cottone
棉的

di seta
絲質的

di pelle
皮革的

顏色

bianco/a 白色
nero/a 黑色
rosso/a 紅色
giallo/a 黃色
grigio/a 灰色
verde 綠色
marrone 咖啡色
blu 藍色
rosa 粉紅色
viola 紫色

> **參考**
> 顏色形容詞會根據修飾的名詞的性別和數量來做變化，其中語尾以 -o 結束者，語尾會變化成 -o/a/i/e；語尾為 -e 時，只進行單複數的變化，而不論名詞陰陽性為何，語尾會變化成 -e/i。除此之外，blu、rosa、viola 等無論性別和數量，其形態固定不變。

購物時使用的表達

Desidera?

Vorrei provare la gonna in vetrina.

A　您想要什麼？

B　我想試穿展示櫃裡的裙子。

B的其他表達方式

Vorrei solo dare un'occhiata.
我只是想看看。

Che taglia porta?

La 42.

A　您穿幾號？

B　42 號。

A的其他表達方式

Che numero porta?
您穿幾號（鞋）？

Quella cravatta verde è in saldo?

Sì, c'è il 40% di sconto.

A　那個綠色的領帶在特價嗎？

B　是的，有 **40%** 的折扣（打六折）。

Certamente!

Può farmi un pacco regalo?

A　您能幫我包裝禮物嗎？

B　當然！

文法　1　請在空格中填入合適的單字，完成同等比較的句子。

(1) Roberto è così gentile _____ suo padre.

(2) Questo libro è _____ interessante _____ divertente.

(3) Viaggiare in autobus è _____ comodo _____ viaggiare in treno.

2　請參考 範例 ，根據圖片完成比較級的句子。

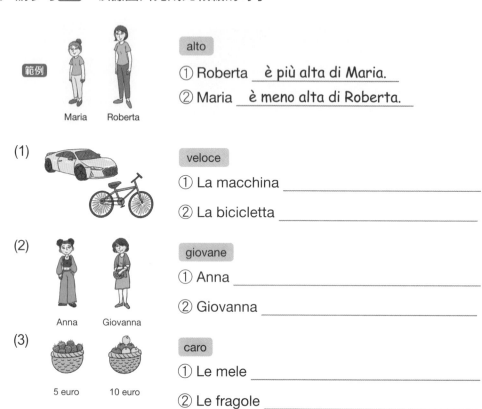

範例

Maria　Roberta

alto

① Roberta　è più alta di Maria.

② Maria　è meno alta di Roberta.

(1)

veloce

① La macchina _____

② La bicicletta _____

(2)

Anna　Giovanna

giovane

① Anna _____

② Giovanna _____

(3)

5 euro　10 euro

caro

① Le mele _____

② Le fragole _____

3　請參考 範例 ，將句子改寫為絕對最高級。

範例

Il mio appartamento è molto piccolo.

→ 　Il mio appartamento è piccolissimo.

(1) Il vino francese è molto buono.　→ _____

(2) Questa valigia è molto pesante.　→ _____

(3) Questo monumento è molto importante.　→ _____

● 請聽錄音，並回答下列問題。

(1) 請寫下每件物品所購買的數量。

① 　　② 　　③ 　　④

_____　_____　_____　_____

(2) 購買草莓所要支付的金額是多少錢？

① 5 €　　　　② 10 €　　　　③ 15 €　　　　④ 20 €

★ bottiglia *m.* 瓶子

閱讀　● 請閱讀下列對話，並回答問題。

Signora Bianchi	Questa borsa nera è molto cara. Non ne avete una più economica?
Commessa	Questa rossa ⓐ_____ 100 euro, invece questa gialla ⓑ_____ 50 euro.
Signora Bianchi	La borsa nera è ⓒ_____ piccola di quella gialla, ma è ⓓ_____ economico.
Commessa	Sì, perché è all'ultima moda.
Signora Bianchi	Mi serve una borsa grande. Mi piace questa gialla. È la più grande e la più economica.

(1) 請將合適的動詞形態填入空格ⓐ和ⓑ。

→ _____

(2) 請選出能正確填入空格ⓒ和ⓓ中的單字選項。

① più – più　　　　② meno – molto

③ più – meno　　　　④ meno – più

(3) 請用中文寫出 Bianchi 女士最喜歡的包包，以及她喜歡的原因。

→ _____

★ all'ultima moda 最新流行的

Inside 義大利

義大利特色慶典 1

在義大利，除了有聖誕節或復活節等全國性的宗教活動之外，一年四季在不同地區、城市會舉行該區、該城市特色的風俗慶典。和當地居民們一起享受慶典，才是體驗當地文化的方法。以下介紹幾個慶典。

皮恩扎乾酪節

　　每年 9 月的時候，會在托斯卡尼大區的小城市皮恩扎（Pienza）舉行佩科里諾乾酪節。皮恩扎的佩科里諾羊奶乾酪（Pecorino romano）是由羊奶製作，並經熟成之後的乾酪，具有獨特濃郁的風味，更重要的是其品質優良，世界聞名。乾酪節的重點是古代民俗遊戲「滾乾酪比賽(Palio del Cacio al Fuso）」。比賽時，代表各地區的參賽者會上場滾動扁平的圓柱型佩科里諾乾酪，並朝著插在廣場中央的木製紡錘（fuso）將乾酪滾過去，最接近紡錘者為優勝者。此外，在乾酪節期間，還會免費供應搭配著各種佩科里諾乾酪的地方美食，供民眾品嚐。

錫耶納賽馬節

　　在錫耶納市舉辦的賽馬節（Palio di Siena），代表著該城市各地區（義大利文稱作 contrada，即都市之下再細分的地區）的騎士們穿著傳統服裝，騎上沒有馬鞍的馬，跑完田野廣場（Piazza del Campo）3 圈，來完成比賽。錫耶納賽馬節於每年的 7 月 2 日和 8 月 16 日舉行。過去在錫耶納共和國的全盛時期，從 13 世紀初到 14 世紀中期於 7 月舉行的賽馬節，目的主要是為了紀念守護錫耶納的偉人卡特琳娜；8 月中旬所舉行的賽馬節，則是為了紀念聖母瑪利亞的嚴肅慶典。在總共 17 個地區（contrada）之中，有 10 個地區的騎手會在 7 月舉行的賽馬節競爭；8 月則是由剩下的 7 個地區的騎手，加上 7 月參賽的那些地區中抽出 3 個地區的騎士來一同參賽，總共是 10 個地區來爭奪冠軍。

　　為了享受短短不到 2 分鐘的瞬間，錫耶納的市民從比賽舉行的四天前就會開始忙於慶典的準備。由於在準備期間也能感受到慶典的氛圍，因此若是來到錫耶納觀光，但不想參與到一片混亂的比賽現場，在準備期間來參觀這城市也是很好的方法。在賽馬節比賽開始的前 3 個小時，在插著各地區（contrada）象徵旗幟的村莊裡，各個角落都能欣賞到身穿華麗中世紀服裝的 600 多名錫耶納市民所展開的遊行。錫耶納市民對賽馬節比賽的熱情不是單純出自於對體育比賽的熱衷，還具有「透過競爭實現市民和諧的場合」之意義。

Cosa ha fatto ieri?

您昨天做了什麼？

- 過去分詞

- 時態助動詞 essere/avere

- 近過去時（passato prossimo）

- 場所副詞 ci

Quando sei arrivata?
你什麼時候到的？

Sono arrivata ieri sera.
我昨天晚上到的。

● 過去分詞

　　義大利語的過去分詞是指構成如近過去時（passato prossimo）、過去完成時（trapassato prossimo）、先將來時（futuro anteriore）等複合時態時會用的分詞。

規則型

　　根據 -are、-ere、-ire 此三類動詞，規則型的過去分詞的語尾變化也會有所不同。

-are → -ato		-ere → -uto		-ire → -ito	
studiare 學習，讀書	studiato	tenere 維持	tenuto	sentire 聽；感覺	sentito

> **參考**
>
> 和直陳式現在時相同，僅透過動詞語尾變化而產生的時態，稱為簡單時態；以「助動詞 essere/avere + 過去分詞」的形式所產生的時態，稱為複合時態。

不規則型

fare 做〜	fatto	essere 是〜	stato	avere 有	avuto
conoscere 知道	conosciuto	chiedere 詢問，要求	chiesto	rimanere 停留	rimasto
chiudere 關（門或窗）	chiuso	prendere 搭乘，吃	preso	scendere 下車	sceso
spegnere 關（電器）	spento	scrivere 寫	scritto	perdere 遺失，錯過	perso
scegliere 選擇	scelto	leggere 閱讀	letto	nascere 出生	nato
aprire 開（門或窗）	aperto	offrire 提供	offerto	morire 死	morto

● 時態助動詞 essere/avere

　　essere/avere 動詞是能夠呈現時態的助動詞，至於該使用 essere 還是 avere，就得根據動詞的特性來選擇。

essere	① 表示存在或狀態的不及物動詞：essere, stare, rimanere, nascere, morire等 ② 表示移動的動詞：andare, partire, arrivare, tornare等 ③ 反身動詞：lavarsi、alzarsi 等 ④ 被動語態
avere	① 及物動詞 ② 各種不及物動詞 dormire, viaggiare, camminare, passeggiare等

Ha fatto colazione?
您吃過早餐了嗎？

No, non ancora.
不，還沒。

● 近過去時（passato prossimo）

直陳式近過去時主要是表達在過去已完成的事件、行為。形式為複合時態：「助動詞 essere/avere（直陳式現在時變化）+ 過去分詞」。使用 essere 時，過去分詞的語尾要隨主詞的性別和數量進行變化。

	essere	andare 去	avere	mangiare 吃
io	**sono**		**ho**	
tu	**sei**	andato/a	**hai**	
lui/lei/Lei	**è**		**ha**	mangiato
noi	**siamo**		**abbiamo**	
voi	**siete**	andati/e	**avete**	
loro	**sono**		**hanno**	

A Che cosa **avete fatto** ieri sera? 你們昨天晚上做了什麼？

B **Abbiamo visto** un film interessante. 我們看了一部有趣的電影。

A Quando è **nata** tua nipote? 你的孫女什麼時候出生的？

B **È nata** nel 2016. 她出生於 2016 年。

● 場所副詞 ci

ci 與移動意義的動詞或狀態動詞搭配使用時，其功能為表示場所的副詞，字面意思是「在那個地方」。此副詞放在動詞的前面。

A Quando vai in Spagna? 你什麼時候要去西班牙？

B **Ci** vado la settimana prossima. 我下週要去（那個地方）。

A Sei mai stata a Seoul? 你去過首爾嗎？

B Sì, **ci** sono stata l'anno scorso. 是，我去年去過（那個地方）。

Dove è stato in vacanza?

Marta e io siamo andati in Sardegna, sulla costa Smeralda.

Luca	Dove è stato in vacanza?
Antonio	Marta e io siamo andati in Sardegna, sulla costa Smeralda.
Luca	È bella la Sardegna, vero?
Antonio	Stupenda!
Luca	Vi invidio! Veramente non posso permettermi un posto così... Vi siete fermati molto?
Antonio	Tre settimane. E tu come hai passato le vacanze estive?
Luca	Sono stato solo un giorno al mare e poi sono rimasto in città.

盧卡	您去哪裡度假？
安東尼奧	瑪塔和我去了位於撒丁島的翡翠海岸。
盧卡	撒丁島很美，對吧？
安東尼奧	令人驚艷！
盧卡	我好羨慕你們！我連去這樣的地方真的都不敢想…你們在那裡待了很久嗎？
安東尼奧	3 週。你呢？怎麼度過暑假的？
盧卡	我只在海邊待了一天，之後都待在城市裡了。

生字及表達
vacanza *f.*假期
costa *f.*海岸
invidiare 羨慕
permettersi （時間或情況）允許～；負擔得起～
fermarsi 停止；停留
passare 度過
estivo/a 夏天的
solo 只，僅僅
e poi 接著，然後
rimanere 停留

對話 TIP

反身動詞（如 fermarsi）的近過去時，其構成方式為：搭配助動詞 essere（要配合主詞變化），並將反身代名詞放在助動詞前面。過去分詞的語尾固定隨主詞的性別和數量做變化。
A A che ora ti sei alzato? 你幾點起床的？
B Mi sono alzato verso le 7. 我是 7 點左右起床的。

Dove sei stata tutto il giorno?

Sono andata al lago di Como con Fabio.

Luca	Non hai ricevuto il mio messaggio sul cellulare?	盧卡 你沒收到我的手機簡訊嗎？
Mina	Quando? Non mi è arrivato nessun messaggio...	米娜 什麼時候？我沒收到任何簡訊…
Luca	Ti ho cercato tanto, ma dove sei stata tutto il giorno?	盧卡 我找你找了很久。不過你一整天都在哪？
Mina	Sono andata al lago di Como con Fabio.	米娜 我跟法比歐去了科莫湖。
Luca	Proprio un bel pomeriggio!	盧卡 肯定是個美好的下午！
Mina	Sì, è stata una bella giornata. Ci sei mai stato?	米娜 是的，是個美好的一天。那邊你去過嗎？
Luca	No, non ancora. Ma ho tanta voglia di andarci.	盧卡 不，還沒。不過我真的很想去那裡。

對話 TIP

nessuno 是「什麼東西也沒有～；誰也不～」的意思。可以單獨使用，或是搭配 non 一起使用，都是否定的意思。當作形容詞使用時，nessuno 的語尾變化方式跟不定冠詞 uno 相同。

Nessuno viene alla festa. 沒人來參加派對.

Non c'è nessuno a casa. 家裡沒有人。

Non ho nessun amico. 我沒有朋友。

生字及表達

ricevere 收到

messaggio *m.* 訊息

cercare 找

tutto il giorno 一整天

lago *m.* 湖泊

È stata una bella giornata. 是個美好的一天。

avere voglia di+動詞原形 想要～

旅行①

turista
m.f. 觀光客

guida
f. 導遊

informazioni turistiche
f. 旅遊諮詢處

agenzia di viaggio
f. 旅行社

deposito bagagli
m. 行李寄放處

biglietteria
f. 售票處

biglietto
m. 票

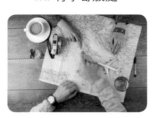

mappa
f. 地圖

prenotazione
f. 預約

rimborso
m. 退款

alta stagione
f. 旺季

bassa stagione
f. 淡季

entrata *f.*, **ingresso** *m.* 入場費　**noleggio auto** *m.* 租車
tassa di soggiorno *f.* 城市稅　**itinerario** *m.* 行程
turismo *m.* 觀光　**cancellazione** *f.* 取消
ritardo *m.* 延誤　**tutto incluso** 包含一切費用
mancia *f.* 小費
condizioni di cancellazione *f.* 取消方針

參考
義大利像是部分歐洲城市一樣，除了原本的飯店費用之外，還會額外被徵收稅金。這就是所謂的城市稅或是住宿稅。根據城市的不同、住宿類型的不同，收費的體系也有所不同。

在機場

Ho un biglietto
per Madrid.

Posso vedere il suo
passaporto?

A 我有一張去馬德里的票。

B 我可以看一下您的護照嗎？

B 的其他表達方法

Qual è la sua destinazione?

您的目的地是哪裡？

Quanti bagagli ha
per il check-in?

Ho due valigie.

A 您有幾件要託運的行李？

B 我有兩件。

B 的其他表達方法

Ho solo un bagaglio a mano.

我只有一個手提行李。

Desidera un posto lato
finestrino o corridoio?

Finestrino, grazie.

A 您想要靠窗還是走廊的座
位？

B 請給我靠窗的座位，謝謝。

B 的其他表達方法

Vorrei un posto vicino alle
uscite di emergenza.

我想要靠近緊急出口的座位。

文法

1 請將括弧裡的動詞變化為合適的近過去時形態，並填入空格中以完成句子。

(1) Giovanna _____ (comprare) una macchina nuova.

(2) Clara _____ (arrivare) alle due di notte e poi _____ (telefonare) al suo ragazzo.

(3) Che cosa _____ (tu – fare) ieri sera?

(4) Io _____ (sedersi) ed _____ (parlare) con mia madre.

(5) A che ora voi _____ (tornare) a casa?

2 請找出與圖片對應的敘述，並連連看。

(1)

① Piero è andato in camera da letto e ha svegliato la moglie.

(2)

② Piero ha preparato la colazione per sua moglie.

(3)

③ La sveglia ha suonato e Piero si è alzato dal letto.

(4)

④ Piero e sua moglie hanno fatto colazione.

聽力   ● 請聽錄音中關於 Angela 昨天所做的事，並將圖示按順序做排列，將編號填入括弧中。

①    ②

③    ④

(   ) → (   ) → (   ) → (   )

閱讀   ● 請閱讀下列 Alberto 的文章，並回答問題。

L'anno scorso sono andato a fare un viaggio in Argentina. ⓐSono partito con la mia amica Gina. Lei però ⓑha dovuta ritornare in Italia dopo una settimana e io ⓒsono rimasto per altri 10 giorni. Io e Gina abbiamo visitato dei posti bellissimi e ⓓsiamo incontrato tante persone stupende. Purtroppo abbiamo avuto anche qualche problema perché qualcuno ha rubato la mia macchina fotografica.

(1) 請找出ⓐ ～ⓓ之中錯誤的助動詞，並更正。

    → _____

(2) 請選出兩個與上述短文不一致的選項。

    ① 去年 Alberto 去了阿根廷。

    ② Gina 和 Alberto 一起在阿根廷旅行了超過兩週。

    ③ Alberto 把照相機弄丟了。

    ④ Alberto 和 Gina 在阿根廷見到了以前的朋友。

★ rubare 偷 ｜ macchina fotografica m. 照相機

義大利特色慶典 2

威尼斯狂歡節 (Carnevale di Venezia)

在水上之都威尼斯所舉行的狂歡節，其歷史已超過900年。威尼斯狂歡節活動，於1296年被正式記錄，通常在1月底至2月之間舉行。在為期兩週的狂歡節期間，會看到許多身穿華麗服裝、戴著面具的人走在威尼斯的廣場和街道上，讓慶典的氣氛更加濃厚。首先為威尼斯狂歡節揭開序幕的，是瑪麗亞慶典 (Feste delle Marie) 上，由身穿威尼斯傳統服裝的12名女性所開場的盛大遊行，以及從這裡所選出的年度威尼斯小姐，會裝扮成天使，並透過繩索的輔助來進行天使飛行，從聖馬可廣場的鐘塔上降臨到總督宮。

至於為何要在狂歡節上戴面具，有一說法是據說在好幾個世紀以前，不同社會階層的人皆可能會出席在活動現場，但受限於身分以及社會階層的束縛而產生的隔閡，尤其為了讓社會底層的人能夠自在地享受活動，戴上面具有助於暫時打破階層藩籬，還提供了以匿名的方式來參加活動的機會。在場的所有人可一邊欣賞在聖馬可廣場和斯基亞沃尼河邊的魔術師、雜技演員、音樂家所帶來的演出，得以從疲憊的日常生活中得到些許的安慰，並感受到「戴面具的話，人人無階層之分」這種暫時被釋放的感覺。

另外，在威尼斯的著名劇場、咖啡廳和俯瞰大運河的歷史性建築中，也會舉行華麗的舞會。威尼斯狂歡節被選為世界五大慶典，規模相當盛大，也有許多可看之處。華麗的面具及服裝，與美麗的威尼斯風景互相映襯，營造出完美的慶典氛圍。

阿西西的五朔節慶典 (Calendimaggio)

Calendimaggio 字面意義為「5月1日」，中文翻成五朔節，是個迎春的慶典，在每年5月1日之後的第一個星期三到星期六舉行。五朔節慶典在義大利中北部等幾個地區舉行，其中包含溫布利亞、倫巴底以及艾米利亞-羅馬涅大區。其中，尤以溫布利亞大區的阿西西這城市的五朔節慶典最為有名。慶典期間，在阿西西的巷弄裡到處都是中世紀風格的遊行及音樂演出，重現13世紀到15世紀中葉的中世紀生活。接著，會將此城市劃分成上、下兩區，來進行中世紀服裝遊行、射箭、拔河等各種競賽。不僅如此，兩地區還會分別選出五名美麗的女性，並在最終決選時，選出一名春天女王 (Madonna Primavera)。在對決中獲得優勝的地區的女性，能獲得春天女王的榮譽。五朔節慶典不僅能讓溫布利亞大區居民共同參與活動、分享快樂，也是個能重現中世紀生活的特別機會。

Da piccolo ero timido.

我小時候很膽小。

● 未完成時（imperfetto）

● 近過去時 vs 未完成時

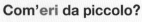

Com'eri da piccolo?
你小時候怎麼樣？

Ero molto grasso.
我非常胖。

● 未完成時（imperfetto）

　　未完成時用於表達在過去持續、反覆的行為或狀態，有「以前經常～」、「之前在～」的意思。

	規則形			不規則形	
	andare 去	vedere 看	capire 理解	essere 是～	fare 做～
io	and**avo**	ved**evo**	cap**ivo**	ero	fac**evo**
tu	and**avi**	ved**evi**	cap**ivi**	eri	fac**evi**
lui/lei/Lei	and**ava**	ved**eva**	cap**iva**	era	fac**eva**
noi	and**avamo**	ved**evamo**	cap**ivamo**	eravamo	fac**evamo**
voi	and**avate**	ved**evate**	cap**ivate**	eravate	fac**evate**
loro	and**avano**	ved**evano**	cap**ivano**	erano	fac**evano**

用法

① **表達過去習慣性、反覆進行的動作或狀態**

　　Ogni mattina **mi alzavo** alle 6. 我以前每天早上都 6 點起床。

　　Quando ero ragazzo, **giocavo** sempre con mio fratello. 我小時候經常和哥哥一起玩。

② **表達在過去特定時間點中，持續進行中的動作或狀態**

　　Quando mi hai telefonato ieri, **dormivo**. 你昨天打電話的時候，我在睡覺。

　　Il 13 settembre dell'anno scorso **ero** in viaggio. 去年 9 月 13 日的時候，我在旅行。

③ **描述在過去，同時發生的兩個動作或情況。**

　　Mentre **studiavo**, i miei amici **guardavano** la TV. 我在讀書的時候，朋友們都在看電視。

　　Mentre **leggevo** il giornale, Maria **cucinava**. 我看報紙的時候，瑪莉亞在做飯。

④ **描述過去的氣氛、狀態、天氣、情況、人事物等。**

　　Faceva molto caldo. 當時非常熱。

　　Fabio **era** un ragazzo timido. 法比歐以前是一個謹慎的孩子。

Cosa facevi quando ti ho chiamato?
我打電話給你的時候，你在做什麼？

Dormivo, perché ero molto stanca.
當時我在睡覺，因為我很累。

● 近過去時 vs 未完成時

近過去時	未完成時
搭配使用的時間表達	搭配使用的時間表達
ieri 昨天 la settimana scorsa 上週 il mese scorso 上個月 l'anno scorso 去年 tutto il giorno 一整天 dalle 3 alle 5 從 3 點到 5 點 per 2 giorni 這兩天期間	di solito 通常，平時 ogni tanto 偶爾 spesso 經常 sempre 總是 tutti i giorni 每天 mentre 在～期間 da piccolo/a 小時候
過去特定時間點完成的行為	過去習慣、常做的行為
Ieri **ho giocato** a calcio. 我昨天踢了足球。	**Giocavo** a calcio la sera. 我以前每天晚上都踢足球。
在特定期間完成的動作	於特定時間點持續進行的動作
Mercoledì **ho studiato** fino a mezzanotte. 我星期三讀書讀到午夜。	Mercoledì alle 15:00 **studiavo** in biblioteca. 星期三下午三點的時候我在圖書館讀書。
瞬間發生的事件或行為	持續一段時間的事件或行為
Ieri **è piovuto** un po'. 昨天下了一點雨。	Ieri **pioveva** a dirotto. 昨天在下傾盆大雨。

　此外，近過去時與未完成時可以同時使用在同一個句子中。

① 在某行為持續期間，忽然發生另一行為

　　Mentre **mangiavo**, **è suonato** il telefono. 我吃飯的時候，電話響了。

② 描述過去某情境，且該情境與發生事件有因果關係

　　Abbiamo chiuso tutte le finestre, perché **faceva** troppo freddo.
　　我們把窗戶全部關上了，因為（當時）太冷了。

　　Fabio **era** stanco, perciò **è andato** a letto presto.
　　法比歐（當時）很累，所以他很早就去睡了。

Che giochi faceva da bambina?

Io e i miei amici giocavamo a nascondino fino a tarda sera.

Mina	Professoressa, che giochi faceva da bambina?
Elisabetta	Io e i miei amici giocavamo a nascondino fino a tarda sera.
Mina	Era brava a giocare a nascondino?
Elisabetta	Mi nascondevo molto bene e i ragazzi non mi trovavano mai. E tu a cosa giocavi?
Mina	Io guardavo spesso i cartoni animati in TV. Mia madre diceva che la TV fa male agli occhi, perciò potevo guardarla solo un'ora al giorno.
Elisabetta	Sì, aveva ragione tua madre!

米娜	老師，您小時候玩過什麼？
伊莉莎貝塔	我和我的朋友們常常玩捉迷藏玩到半夜。
米娜	您很擅長玩捉迷藏嗎？
伊莉莎貝塔	我真的很會躲，男孩們從來沒有找到我過。妳玩過什麼呢？
米娜	我經常看電視卡通。我媽常説電視對眼睛不好，所以我一天只能看一小時的電視。
伊莉莎貝塔	是的，妳媽媽説的是對的！

對話

「a ＋定冠詞＋（日、週、月、年等的）期間單位」是「一（天、週、個月、年等）期間單位」的意思，如以下表達方式：al giorno（一天），all'anno（一年），alla settimana（一週）。
此外還可以添加時間（如 ~ora「～小時」）或次數（如 ~volta「～次」），來表現所持續的時間或是頻率。
Lavoro nel bar 6 ore al giorno. 我每天在咖啡廳工作 6 個小時。
Mi lavo i denti tre volte al giorno. 我一天刷三次牙。

生字及表達
da bambino/a 小時候
nascondino *m.*捉迷藏
tardo/a 晚的，遲到的
cartone animato
*m.*動畫，卡通
fare male a 對～有害
perciò 所以
avere ragione ～是對的

Mi sono innamorato di lei al primo sguardo!

Lo immaginavo!

Sofia	Com'è andato l'appuntamento con Laura?	蘇菲亞	和蘿拉的約會進展地怎麼樣了？
Marco	È andato bene. Mi sono innamorato di lei al primo sguardo!	馬可	進展順利。我對她一見鍾情！
Sofia	Lo immaginavo!	蘇菲亞	我就知道！
Marco	Laura indossava un vestito giallo con un paio di sandali rossi. Era talmente bella.	馬可	蘿拉穿了黃色的洋裝和紅色的涼鞋。她是如此地美。
Sofia	Quindi cosa avete fatto?	蘇菲亞	所以你們做了什麼？
Marco	Siamo andati in un ristorante sulla riva del lago. C'era poca gente ed in sottofondo c'era una musica dolce.	馬可	我們去了一家湖邊的餐廳。現場人很少，背景是輕柔的音樂。

對話 TIP

Com'è andato? 的意思是「進行地怎麼樣了？」，用於詢問某件事情或情況的結果。使用此句時可以不標明主詞，單獨使用，此時通常用 Com'è andato? 來表達。然而，若是標明主詞時，則根據主詞的性別變化為 andato/a。

A Com'è andata l'intervista? 採訪進展地怎麼樣了？
B È andata bene。非常順利。

生字及表達

appuntamento *m.*約定，約會
innamorarsi di
與～陷入愛河，與～談戀愛
al primo sguardo 第一眼
immaginare 想像，認為
indossare 穿
talmente 真的，非常
riva *f.*海岸，岸邊
poco 很少地
in sottofondo 在背景

常見的形容詞

molto	poco
多的	少的

caldo	freddo
熱的，燙的	冷的，冰的

lungo	corto
長的	短的

veloce	lento
快的	慢的

facile	difficile
簡單的	困難的

ricco	povero
有錢的	窮的

uguale	diverso
一樣的	不同的

duro	morbido
硬的	軟的

pulito	sporco
乾淨的	骯髒的

forte	debole
強的	弱的

表達數量的副詞

tanto, molto 很多，相當	**troppo** 太，過於
poco 很少地	**parecchio** 相當多地
abbastanza 充分地，挺，相當	**assai** 非常

 參考

形容詞的性別和數量，要與修飾的名詞保持一致。在上面的副詞中，除了assai、abbastanza以外，皆能同時被使用為形容詞及副詞。

表達情緒

鼓勵

Non ti preoccupare!
Andrà tutto bene.

Grazie.

A　不要擔心！一切都會好起來
　　的。

B　謝謝。

不愉快

Abbi pazienza!

Sono stanca
di fare la fila!

A　我厭倦排隊了。

B　要有耐心！

A 的其他表達方法

Sono stufo! 我受夠了！

漠不關心

Non mi
interessa.

La squadra è stata
promossa in serie A!

A　那個隊伍晉升到義大利甲組
　　足球聯賽了！

B　我沒興趣。

B 的其他表達方法

Non mi importa niente.
不關我的事。

驚訝

Non ci posso
credere!

Ho vinto la
lotteria!

A　我中樂透了！

B　我不敢相信！

B 的其他表達方法

Incredibile! 難以置信！

文法

1 請將括弧裡的動詞，變化為合適的**未完成時（imperfetto）**形態，以完成句子。

(1) Da bambina Margherita _____ (essere) molto grassa.

(2) Per le vacanze noi _____ (andare) sempre in montagna.

(3) Giuseppe _____ (avere) l'abitudine di alzarsi tardi la mattina.

(4) Ieri _____ (fare) un freddo terribile.

★ avere l'abitudine di 有～的習慣

2 請將括弧裡的動詞，變化為合適的**未完成時（imperfetto）或近過去時（passato prossimo）**形態，以完成句子。

(1) Ieri _____ (io – lavorare) fino alle 7.

(2) Matteo non ha mangiato perché non _____ (avere) fame.

(3) Mentre noi _____ (fare) colazione, _____ (arrivare) i nostri amici.

(4) Carla _____ (essere) molto stanca, perciò è andata a letto presto.

3 請選出合適的過去式並完成句子。

(1) Quando (eravamo / siamo state) piccoli, io e mia sorella amavamo giocare a scacchi.

(2) L'anno scorso (andavo / sono andato) in vacanza, ma non avevo i soldi sufficienti.

(3) Mia nonna (viveva / ha vissuto) in Olanda per due anni.

(4) Mentre i ragazzi (attraversavano / hanno attraversato) la strada, (vedevano / hanno visto) Michele.

(5) Ieri Giovanni non (andava / è andato) in ufficio perché (aveva / ha avuto) la febbre e (dormiva / ha dormito) tutto il giorno.

聽力 ● 請聽錄音，並回答下列問題。

(1) Dove abitava, quando era piccolo?

① Roma   ② Napoli

③ Venezia   ④ Milano

(2) Che cosa faceva lui?

① giocava a nascondino   ② cantava

③ giocava a calcio   ④ suonava il violino

(3) Mentre lui suonava il pianoforte, cosa faceva suo fratello?

① suonava la chitarra   ② giocava a calcio

③ andava a Napoli   ④ cantava

★ strumento *m.* 樂器 ｜ violino *m.* 小提琴

閱讀 ● 請閱讀下列對話，並根據對話內容，選出與 Marta 過去身型相符的圖示選項。

A   Marta, com'eri quando avevi 20 anni? Allora non eri come sei oggi?

B   No, ero molto magra. Avevo i capelli lunghi e biondi. E portavo gli occhiali. Mi mettevo sempre la gonna corta e andavo in giro con la borsa rossa.

①    ②

③    ④

★ andare in giro 走來走去

讓文藝復興開花結果的麥地奇家族

舊宮（Palazzo Vecchio）

　　麥地奇家族被認為是在文藝復興時期，義大利最偉大且最華麗的家族。麥地奇家族在佛羅倫斯透過與東方貿易以及金融業，積累了名聲及財富，甚至掌握了政治的實權之後，便將他們的所在據點佛羅倫斯引領成為了世界級的藝術城市。從 13 世紀到 17 世紀，在400多年的歲月之中，實際是由麥地奇家族統治著佛羅倫斯，並培養出了三位教皇，透過讓子孫與法國及英國王室結婚，擴大了在國際之間的勢力。麥地奇家族投入了鉅額的資金，積極地贊助天才藝術家們發揮無限的創意，鼓勵文化藝術，進而強化國家的競爭力，尤其還發掘出了光聽到名字就讓人不自覺讚嘆的好幾位藝術家，如李奧納多達文西（Leonardo da Vinci）、拉斐爾（Raffaello Sanzio）、米開朗基羅（Michelangelo Buonarrotti）、布魯內萊斯基（Filippo Brunelleschi）等世紀藝術家。像是麥地奇這樣，以家族企業長期贊助藝術和人文學的歷史事蹟，可以說是相當少見。麥地奇家族歷經數百年間所收集的珍貴藝術作品，是佛羅倫斯最重要的文化財產，至今仍保存完好。

麥地奇家族紋章

　　漫步在擁有迷人歷史且被譽為藝術之都的佛羅倫斯，能看見麥地奇家族的紋章被刻在城市的各個角落，彷彿將過去的氣勢磅礴重現於眼前。象徵著麥地奇家族的紋章，其特色是在盾牌形狀的黃色外觀上，畫著數個紅色圓圈和有著三朵百合的藍色珠子。佛羅倫斯之所以被稱為「花之都」，也是因為統治過佛羅倫斯的麥地奇家族的紋章中，刻有百合花的緣故。仔細觀察佛羅倫斯各個角落能找到的紋章，便會發現紋章中紅色的圓圈數量各不相同。紋章剛製成時，圓圈的數量是 11 個，但隨著時間的流逝，數量逐漸減少，最後到了羅倫佐德麥地奇（Lorenzo il Magnifico）時代，包括藍色的圓圈在內，總共只剩下6個圓圈了。

Partirò per le vacanze.

我要去度假。

- 簡單未來時（futuro semplice）
- 簡單未來時用法
- 先將來時（futuro anteriore）

Dove andrai per le vacanze?
你要去哪裡度假？

Andrò in Sardegna.
我要去撒丁島。

● 簡單未來時（futuro semplice）

　　未來時使用於談論未來發生的事情，或是表達意志、推測。其特徵是第一人稱單數和第三人稱單數的語尾會加上重音，且 -are 動詞的語尾變化和 -ere 動詞是相同的。

規則形

	parlare 說	scrivere 寫	finire 結束
io	parlerò	scriverò	finirò
tu	parlerai	scriverai	finirai
lui/lei/Lei	parlerà	scriverà	finirà
noi	parleremo	scriveremo	finiremo
voi	parlerete	scriverete	finirete
loro	parleranno	scriveranno	finiranno

　　語尾是 -gare、-care 的動詞，由於為了要維持子音 g、c 在原形動詞中同樣的發音（即 ga 為 [ga] 音，但 ge 為 [dʒe] 音），因而要藉由添加 h 來進行變化。

spiegare（說明）→ spiegherò　　　　　　　　　cercare（找）→ cercherò

　　語尾以 -ciare、-giare 結束的動詞在進行變化前，字母 i 會先脫落再進行變化。

cominciare（開始）→ comincerò　　　　mangiare（吃）→ mangerò

不規則形

　　有部分的動詞會在變化的語幹中，加上如下語尾，來形成各主詞的未來時。

動詞變化語幹（如 and-）＋未來時語尾 (-rò / rai / rà / remo / rete / ranno)

動詞原形	變化語幹	動詞原形	變化語幹
andare 去	and	rimanere 停留	rimar
dovere 必須	dov	venire 來	ver
potere 可以	pot	volere 想要	vor
sapere 知道	sap	bere 喝	ber
vedere 看	ved	dare 給	da
vivere 住	viv	fare 做	fa

Che cosa farai dopo?
你等一下要做什麼？

Quando avrò finito i compiti, andrò alla festa.
當我完成作業之後，我要去參加聚會。

● 簡單未來時的用法

① 表達未來會發生的行為

Domenica **partiremo** con il treno delle 9. 星期天我們要搭乘九點鐘的火車出發。

Stasera **scriverò** una mail a Roberto. 今天晚上我要寫一封信給羅伯特。

② 表達推測或者不確定性

A quest'ora Fabio **sarà** in ufficio? 法比歐這個時間會在辦公室嗎？

A Che tempo **farà** questo fine settimana? 這個週末天氣會怎麼樣？

B **Farà** bel tempo. 天氣應該會很好。

參考
即使是未來，但如果是確定會發生或是不久後的將來，就會使用直陳式現在時。

Domani **vado** a Roma.
我明天要去羅馬。

● 先將來時（futuro anteriore）

　　先將來時主要是用來敘述簡單未來時之前所發生的行為或事件，與簡單未來時搭配使用。此時態在用來表達過去發生的不確定事件或行為時，也會單獨使用。先將來時的形態是「essere/avere（簡單未來時的變化）＋過去分詞」。助動詞 essere/avere 的選擇基準與近過去時相同，若過去分詞本身是作為不及物動詞使用的話，助動詞就選用 essere；若為及物動詞的話，則使用 avere。 參考第十三課時態助動詞

	essere	andare 去	avere	dire 說
io	sarò		avrò	
tu	sarai	andato/a	avrai	
lui/lei/Lei	sarà		avrà	detto
noi	saremo		avremo	
voi	sarete	andati/e	avrete	
loro	saranno		avranno	

Quando **avrò finito** il lavoro, **andrò** al cinema.
當我工作結束之後，我會去電影院。

Appena Vittorio **sarà tornato** dalle vacanze, **comincerà** un corso d'italiano.
維多里歐（到時）一從休假回來，就會開始上義大利語課。

Alberto non risponde al telefono. **Sarà** già **uscito** di casa.
艾伯特沒有接電話。他應該已經從家裡離開（出門去）了。

參考
先將來時是為了明確表達兩行為或事件的先後時間順序而使用的，主要是為了強調，因此在很多情況下，就算使用簡單未來時也沒關係。

> Che cosa farai durante le vacanze estive?

> Farò un viaggio in Francia per due settimane.

Paulo	Che cosa farai durante le vacanze estive?
Mina	Farò un viaggio in Francia per due settimane.
Paulo	Quali città visiterai?
Mina	Per primo andrò a Parigi a vedere la Torre Eiffel.
Paulo	Fantastico!
Mina	Non vedo l'ora di partire. E tu? Cosa farai quest'estate?
Paulo	Non lo so, non ho nessun progetto per ora.

保羅　你暑假期間要做什麼？

米娜　我要去法國旅行兩週。

保羅　你會去哪些城市？

米娜　我會先去巴黎看艾菲爾鐵塔。

保羅　太棒了！

米娜　我等不及想快點出發。你呢？你今年暑假要做什麼？

保羅　不知道，我到現在還沒有任何計畫。

對話 TIP

- durante 是「在～期間」的意思，是介系詞，後面接續能表達時間或活動的名詞。
  Non lavoro durante le vacanze. 我在休假期間不工作。
  Durante la lezione di matematica spesso mi addormento.
  我在數學課上經常睡覺。

- 「non vedo l'ora di ＋動詞原形」是「非常期待～」、「迫不及待～」的表達方式。
  Non vedo l'ora di incontrarti. 我想快點見到你。

生字及表達
estivo/a 夏天的
visitare 參觀，拜訪
vedere 看
fantastico/a 絕佳的
progetto *m.*計畫

Cosa farai
dopo la laurea?

Quando avrò guadagnato
abbastanza soldi, andrò
in Inghilterra.

Luca	Che progetti hai per il prossimo anno?
Marco	Appena avrò finito gli studi, mi trasferirò a Milano.
Luca	Cosa farai a Milano?
Marco	Cercherò un lavoro come ingegnere. E tu? Cosa farai dopo la laurea?
Luca	Quando avrò guadagnato abbastanza soldi, andrò in Inghilterra a studiare diritto internazionale.
Marco	È un ottimo piano!

盧卡	你明年有什麼計畫？
馬可	我一完成學業，就要搬到米蘭。
盧卡	你要在米蘭做什麼？
馬可	我會找一份工程師的工作。你呢？你畢業之後要做什麼？
盧卡	當我賺到足夠的錢時，我就會去英國學國際法。
馬可	真是一個好計畫呢！

對話 TIP

- appena 當副詞時有「剛～」、「才剛～」的意思；當連接詞時則有「一～就～」的意思。
  Appena avrò notizia, vi farò sapere. 我一收到消息，就會告訴你們。
  Sono appena le dieci. 現在剛好十點鐘。

- 動詞 cercare 和 trovare 都有「找」的意思，但在使用上有些微的差異。
  cercare 用來表達「尋找某個東西的過程」；trovare 則是「發現、找到某個東西」。
  Al momento sto cercando un lavoro. 我目前在找工作。
  Finalmente ho trovato un lavoro da sogno!
  我終於找到了夢想中的工作！

生字及表達

Che progetti hai?
你有什麼計畫？
trasferirsi 搬家，搬遷
ingegnere *m.*工程師
laurea *f.*學位；畢業
guadagnare 賺錢
diritto internazionale *m.*
國際法
piano *m.*計畫；樓層；慢慢地

旅行②

compagnia aerea
f. 航空公司

check-in
m. 登機報到

passaporto
m. 護照

carta d'imbarco
f. 登機證

finestrino
m. 靠窗座位

corridoio
m. 靠走道座位

bagaglio a mano
m. 手提行李

scontrino del bagaglio
m. 行李標籤

visto
m. 護照

atterrare 降落
atterraggio *m.* 降落

decollare 起飛
decollo *m.* 起飛

dogana
f. 海關

arrivi
m. 抵達

partenze
f. 出發

ritiro bagagli
m. 行李領取處

controllo passaporti
m. 護照檢查（入境審查）

sola andata
f. 單程

andata e ritorno (A/R)
m. 來回

約定時間

Hai del tempo libero stasera?

Stasera sono molto impegnata.

A 你今晚有空嗎？

B 我今晚很忙。

Ci vediamo alle 7?

Va bene. Ti aspetto alle 7 davanti al bar.

A 我們 7 點見面嗎？

B 好啊，我 7 點在咖啡廳前等你。

Possiamo rimandare l'appuntamento ad un'altra volta?

Certo, non c'è problema.

A 我們可以把會面延到下一次嗎？

B 當然，沒問題。

A的其他表達方式

Sono dieci minuti di ritardo, mi dispiace.

我會遲到十分鐘，對不起。

▸ rimandare 延期

文法　1　請將句子裡的動詞，變化為合適的簡單未來時，以完成句子。

(1) Domani Anna _____ (andare) al cinema con le amiche.

(2) Tu e Mirko _____ (potere) giocare a calcio insieme domani.

(3) Quando Lucia _____ (uscire) di casa, _____ (telefonare) a Maria.

(4) Domani noi _____ (rimanere) a casa tutto il giorno.

(5) Gianni, _____ (venire) al cinema con noi?

2　請參考 範例 所示，找出兩句相關聯的句子，並連起來。

範例 Questo è il mio ultimo semestre. ●

(1) Mi piace molto studiare l'inglese. ●

(2) Maria vuole vedere un film. ●

(3) Ho una fame da morire! ●

● ⓐ Comincerò un corso di inglese.

● ⓑ Andrà al cinema.

● ⓒ Ordinerò subito una pizza.

● ⓓ A febbraio mi laureerò.

★ semestre m. 學期；半年 | laurearsi 畢業 | ordinare 點餐

3　請看下列的行程，並回答問題。

lunedì	martedì	mercoledì	giovedì	venerdì	sabato
oggi	lezione 9:00~11:00	esame 10:00	pranzo con Silvia	18:00 al cinema	

(1) Dove andrà venerdì sera? → _____

(2) Che cosa farà questo giovedì? → _____

(3) A che ora finirà la lezione di martedì? → _____

聽力 ● 請聽錄音，並回答下列問題。

(1) 請選出瑪莉亞下課之後要做的事情。

① 去電影院。　　　　② 在圖書館讀書。

③ 去吃披薩。　　　　④ 購物。

(2) 請選出羅伯特今晚要做什麼。

① 和蘿賽拉喝啤酒。　② 和瑪莉亞約會。

③ 和蘿賽拉看電影。　④ 去吃披薩。

閱讀 ● 請閱讀下方文章，並回答問題。

Caro Paolo,

come stai? Ti scrivo per sapere se sei libero il prossimo sabato. Io ⓐ _____ (festeggiare) il mio compleanno con gli amici. Io ⓑ _____ (invitare) i miei amici dell'università. ⓒ _____ (esserci) da bere e da mangiare e, naturalmente, anche della buona musica. Marco e il mio coinquilino ⓓ _____ (portare) anche i videogiochi. Devi assolutamente venire!

ⓔ *Non vedo l'ora di vederti.*

Lucia

(1) 請將ⓐ～ⓓ中的動詞，變化為正確的簡單未來時。

ⓐ _____　　　ⓑ _____

ⓒ _____　　　ⓓ _____

(2) 請選擇與上方短文內容一致的選項。

① 這是露西亞邀請保羅參加生日派對的文章。

② 保羅的朋友們會帶遊戲機來。

③ 馬可和露西亞的室友要來參加派對。

④ 要各自帶吃的東西來。

(3) 請寫出ⓔ的意思。

→ _____

★ festeggiare 祝賀 ｜ naturalmente 當然地

藍色小精靈居住的蘑菇村——阿爾貝羅貝洛

在義大利南部亞得里亞海沿岸的普利亞地區，坐落著一座能讓人聯想起童話故事中村莊的小巧城市，阿爾貝羅貝洛（Alberobello）。據說，該處自古以來就是橡樹林茂密的地方，因此其名稱是源自於拉丁語中的「silva arboris belli」，意思是「美麗的樹林」。阿爾貝羅貝洛被稱為藍精靈村，且觀光客絡繹不絕拜訪此處的原因，主要是存在於伊特里亞山谷（Valle d'Itria）一帶，從古代流傳下來的獨特居住建築。

特魯洛

被稱為「特魯洛（Trulli）」的房屋位於被石灰岩覆蓋的貧瘠山坡上，是一種與阿爾貝羅貝洛地質上的自然環境完美融合的建築風格，展現人類驚人適應能力的典型案例。其特徵是將沒有骨架的粗糙石塊疊在一起，形成支幹，並將被稱為 chiancarelle 或 chianche 的扁平灰色石灰岩堆成尖頂帽的形狀，來搭起屋頂。屋頂上畫著十字架、幾何符號以及代表耶穌的組合字符。這些圖案是用來驅除厄運或祈願豐收，同時也是帶有願望的標誌。阿爾貝羅貝洛的特魯洛建築結構簡單卻獨特，於1996年被聯合國教科文組織列為世界遺產。從外觀上來看，特魯洛的結構雖然看起來不太穩固的樣子，就像是缺乏支撐物或是連接建材的建築物，但實際上卻有著非常出色的安定感。再加上，其牆體的厚度以及小巧的窗戶完美地控制建築內部的熱流和溫度，因而夏季涼爽，冬季溫暖。

位於阿爾貝羅貝洛的市區—蒙蒂區和阿迦皮卡洛區之中，仍有 1500 多座特魯洛建築完好無損地保存著。如今，特魯洛的用途並不僅限於居住，還被用為商店、酒吧和住宿設施等，觀光客們能夠透過於這些圓形石屋的內部住上一晚，或是在購物的同時好好參觀其內部。

Abbi coraggio!

鼓起勇氣！

- 肯定命令式

- 否定命令式

- 代名詞在命令式中的位置

Abbi coraggio!
鼓起勇氣來！

Voglio chiedere ad Anna di uscire.
我想邀請安娜出去。

● 肯定命令式

命令式僅以現在時的時態存在，分為針對 tu 的命令式、針對 Lei 的尊稱命令式、voi 命令式，以及有邀約、建議意義「（我們）～吧！」的 noi 命令式。

規則形

	cantare 唱歌	credere 相信	sentire 聽，感覺	finire 結束
tu	canta	credi	senti	finisci
Lei	canti	creda	senta	finisca
noi	cantiamo	crediamo	sentiamo	finiamo
voi	cantate	credete	sentite	finite

Aspetta un attimo! （你）等一下！

Legga il giornale di oggi! 請（您）讀今天的報紙！

Mangiamo il gelato! （我們）吃冰淇淋吧！

Parlate a bassa voce! （你們）小聲說話！

> **參考**
> 如果想強調主詞，在命令式的後面放主詞即可。
> Mangia tu! 你吃吧！

不規則形

	essere 是	avere 擁有	stare 度過	sapere 知道
tu	sii	abbi	sta' (stai)	sappi
Lei	sia	abbia	stia	sappia
noi	siamo	abbiamo	stiamo	sappiamo
voi	siate	abbiate	state	sappiate

	andare 去	fare 做	dire 說	venire 來
tu	va' (vai)	fa' (fai)	di'	vieni
Lei	vada	faccia	dica	venga
noi	andiamo	facciamo	diciamo	veniamo
voi	andate	fate	dite	venite

Abbi pazienza! （你）要有點耐心！　　　　**Dica** la verità! （您）說實話！

Andiamo al cinema! （我們）去電影院吧！

Ragazzi, **fate** silenzio! 孩子們，（你們）安靜點！

Mi ha lasciato Fabio.
法比歐離開我了。

Non piangere!
別哭！

● 否定命令式

否定命令式的格式，是在肯定命令式前加上 non 即可，意思會變成「不要～；別～」。但是，若為 tu 命令式，其否定形式為「non ＋動詞原形」。

tu	non ＋動詞原形	**Non mangiare** troppo! 別吃太多！
Lei		**Non chiuda** le finestre! 請別關窗戶！
noi	non ＋肯定命令式	**Non chiamiamo** Luca!（我們）別打給盧卡了吧！
voi		**Non entrate** in giardino!（你們）別進草坪！

● 代名詞在命令式中的位置

代名詞在肯定命令式中的位置

在肯定命令式中，代名詞的位置直接接在動詞的後面變成一個字。不過，Lei 的命令式例外，代名詞要放在動詞的前面。反身代名詞也遵循同樣的規則。

	telefonare a Mario 打電話給瑪利歐	scrivere la lettera 寫信	finire il lavoro 結束工作	divertirsi 享受
tu	telefona**gli**	scrivi**la**	finisci**lo**	diverti**ti**
Lei	**gli** telefoni	**la** scriva	**lo** finisca	**si** diverta
noi	telefoniamo**gli**	scriviamo**la**	finiamo**lo**	divertiamo**ci**
voi	telefonate**gli**	scrivete**la**	finite**lo**	divertite**vi**

Ascolta**mi** con attenzione!（你）仔細聽我說！

Mi passi l'acqua per favore. 請（您）把水遞給我。

代名詞在否定命令式的位置

在 tu 的命令式中，代名詞和反身代名詞皆有可能放在動詞的前面或後面。若代名詞要放在動詞的後面時，動詞最後的母音 e 會脫落，再接上代名詞。

Non prendere <u>il quaderno</u>! 不要拿走筆記本！→　　Non prender**lo**! = Non **lo** prendere!
　　　　　　　　　　　　　　　　　　　　　　　　不要拿走那個！

Non preoccupar**ti**! = Non **ti** preoccupare! 別擔心！

Ho la tosse da una settimana e il naso chiuso.

Mi dica, che problema ha?

Medico	Mi dica, che problema ha?
Antonio	Ho la tosse da una settimana e il naso chiuso.
Medico	Ha anche la febbre. Hmm... Ha la bronchite.
Antonio	La bronchite?! E quindi?
Medico	Le prescrivo questo antibiotico, una capsula ogni 8 ore. Se la tosse non passa, prenda anche questo sciroppo.
Antonio	D'accordo!
Medico	E mi raccomando, beva molta acqua, eviti le bevande fredde e niente sport per un po'.

醫生	請跟我說，您哪裡不舒服？
安東尼奧	我咳嗽咳了一週，而且還鼻塞。
醫生	您也發燒了呢。嗯…支氣管炎。
安東尼奧	支氣管炎？那麼（該怎麼辦呢）？
醫生	我會開這個抗生素給您。每8個小時服用一粒膠囊。如果咳嗽沒消失，也請服用這個糖漿。
安東尼奧	好的！
醫生	務必要多喝水，避免喝冷飲，且暫時不要運動。

對話 TIP

- mi raccomando 是和命令式搭配使用，意思是「一定要～」、「別忘了～」強烈地表達叮嚀的表現方式。
  Mi raccomando, tornate presto! 一定要快點回來！
  Mi raccomando, chiudi le finestre! 別忘了要關窗戶！

- niente 在一般句子中主要放在動詞後面，意思是「什麼都（不是／沒有）」，但在命令式或標語中，或是放在名詞之前，也有「禁止」的意思。
  Non ho voglia di fare niente. 我什麼都不想做。
  Niente pigrizia, oggi! 今天不准偷懶！

生字及表達
Che problema ha?
您有什麼樣的問題呢？
chiuso/a 關上的，塞住的
bronchite f. 支氣管炎
quindi 所以
prescrivere 開處方
antibiotico m. 抗生素
capsula f. 膠囊
passare 經過；（症狀、病痛等）消失
sciroppo m. 糖漿
evitare 避免
D'accordo! 同意！好的！
bevanda f. 飲料

Che cosa devo fare?

Prenda questa pomata e la metta sulle braccia due volte al giorno.

Mina	Da ieri ho questa irritazione alle braccia.
Farmacista	Mi faccia vedere. Le dà molto fastidio?
Mina	Un po'. Mi dà prurito, poi mi fa male la testa.
Farmacista	Sicuramente ha preso un colpo di sole.
Mina	E che cosa devo fare?
Farmacista	Prenda questa pomata e la metta sulle braccia due volte al giorno. E si riposi!
Mina	Grazie.
Farmacista	Per il mal di testa, invece, Le do delle compresse. Ma vada dal dottore, se tra due giorni sta ancora male.

米娜	從昨天開始，我的手臂就在過敏了。
藥劑師	讓我看看。很不舒服嗎？
米娜	有一點。很癢，而且我的頭很痛。
藥劑師	一定是中暑了。
米娜	我該怎麼辦呢？
藥劑師	請用這個藥膏。每天兩次將這個藥膏塗在手臂上。然後多休息！
米娜	謝謝。
藥劑師	頭痛的部分，我會給您這個藥丸。兩天以後還是很痛的話，請去看醫生。

對話 TIP

fare male 與 avere mal di 一樣，都是表達「～痛」的表達方式。要注意的是，在使用 fare male 時，疼痛的部位是句子中的主詞，反觀意義上的主詞（即「我、你」等表示人的名詞或代名詞），則是以間接受詞（如以下例句中的 Mi）來表達。

Mi fa male la pancia. 我肚子痛。
Mi fanno male i denti. 我牙痛。

生字及表達
irritazione f.發炎，過敏
fastidio m.不舒服；討厭的事
prurito m.發癢
colpo di sole m.中暑
pomata f.藥膏，軟膏
compressa f.藥丸

身體部位

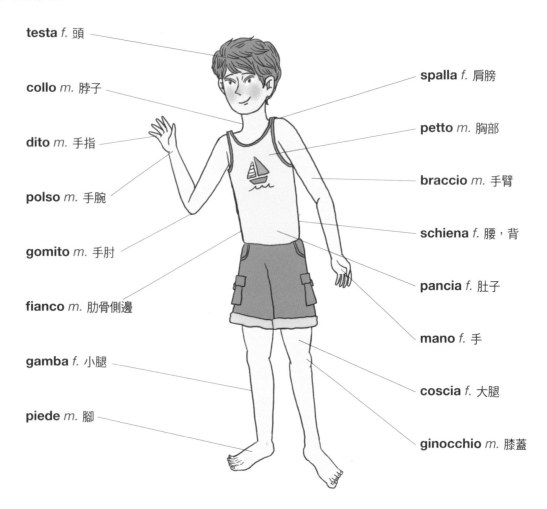

testa *f.* 頭

collo *m.* 脖子

dito *m.* 手指

polso *m.* 手腕

gomito *m.* 手肘

fianco *m.* 肋骨側邊

gamba *f.* 小腿

piede *m.* 腳

spalla *f.* 肩膀

petto *m.* 胸部

braccio *m.* 手臂

schiena *f.* 腰，背

pancia *f.* 肚子

mano *f.* 手

coscia *f.* 大腿

ginocchio *m.* 膝蓋

醫療

medico di base *m.* 家醫
libretto sanitario *m.*, **tessera sanitaria** *f.* 醫療保險證
dermatologo/a 皮膚科醫師
ortopedico/a 骨科醫師
cardiologo/a 心臟病專科醫師
dentista *m.f.* 牙醫師
pediatra *m.f.* 小兒科醫師
farmacista *m.f.* 藥劑師
otorino *m.f.* 耳鼻喉科醫師

pronto soccorso *m.* 急診室
ricetta medica *f.* 處方
antidolorifici, analgesici *m.* 止痛藥
antibiotici *m.* 抗生素
antipiretici *m.* 退燒藥
antinfiammatori *m.* 消炎藥
effetti collaterali *m.* 副作用

在醫院、藥局使用的表達

Vorrei prenotare una visita per il 2 maggio.

Ha la tessera sanitaria?

A 我想預約 5 月 2 日的診療。

B 你有醫療保險證嗎？

Che cos'ha?

Ho una tosse fortissima e il mal di gola.

A 您哪裡不舒服？

B 我咳嗽咳得很厲害，喉嚨很痛。

A的其他表達方式

Che sintomi ha?
有什麼症狀？

Ha qualcosa contro il mal di denti?

Prenda questo antidolorifico, due compresse al giorno.

A 您有牙痛藥嗎？

B 請服用這個止痛藥，一天吃兩顆。

B的其他表達方式

Prenda questa medicina 30 minuti dopo i pasti.
請在每餐後30分鐘服用這個藥。

▸ contro 對著～

文法

1 請將句子裡的動詞，變化為合適的命令式形態，以完成句子。

(1) Signorina, se Lei è a dieta, _____ (fare) sport e non _____ (mangiare) dolci!

(2) Se andiamo in spiaggia, non _____ (dimenticare) la crema solare!

(3) Matteo, _____ (salire) in macchina! _____ (noi – partire)!

(4) Conoscete la storia di Pinocchio, no? Allora non _____ (dire) bugie!

★ essere a dieta 在減肥中 ｜ crema solare f. 防曬乳

2 請參考 範例 ，將句子變化成與代名詞相結合的命令式。

範例 Prendi il quaderno! → _Prendilo!_

(1) Marta, compra il giornale! → _____

(2) Signora, mangi le fragole! → _____

(3) Ragazze, dite a Marco la verità! → _____

(4) Parla a me! → _____

3 請看圖片，並寫出否定命令式。

(1) (voi – fotografare) _____

(2) (tu – fumare) _____

(3) (noi – attraversare) _____

(4) (voi – usare il cellulare) _____

聽力 ● 請聽錄音，並回答下列問題。

(1) Quali sono i sintomi di Marco?

① Tosse e febbre.

② Mal di testa e naso chiuso.

③ Ha freddo e starnutisce.

④ Mal di denti.

(2) Cosa deve fare Marco?

① Bere molta acqua calda.

② Prendere delle medicine.

③ Prendere un po' di vitamina C.

④ Prendere gli antibiotici.

★ starnutire 打噴嚏

閱讀 ● 請閱讀下列對話，並回答問題。

Dottoressa	Buongiorno, signor Giraldi. Mi dica!
Signor Giraldi	Senta, mi fa male la caviglia.
Dottoressa	Le do una pomata. La metta due volte al giorno. E cerchi di camminare poco.
Signor Giraldi	Ma devo andare a fare un esame!
Dottoressa	Chieda un passaggio al suo amico. Se il dolore alla caviglia non passa, facciamo una radiografia.

(1) 請把醫生沒有給 Giraldi 的建議全部選出來。

① 拜託朋友用車載他　　　　② 擦藥膏

③ 不要走路　　　　　　　　④ 考試

(2) 請寫出如果疼痛持續下去，Giraldi 要做什麼。

➡ _____

★ caviglia *f.* 腳踝 ｜ passaggio *m.* （用車輛、自行車等）載一程 ｜ radiografia *f.* X 光片

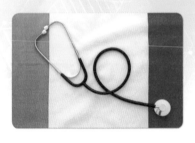

人人平等的
義大利醫療保障制度

義大利是擁有世界級優秀醫療福利體系的國家，其國民醫療保險（SSN：Sistema Sanitario Nazionale）保障了義大利的國民以及所有在義大利合法居住的成年人和兒童的醫療權。在1978年12月，根據普及、平等、公平三個基本原則，將醫療保障制度制定為憲法，並交由政府機構直接進行管理。近年來，雖然義大利因國家的財務問題陷入困境，但是義大利的國民醫療保險，無論個人的所得或是社會地位的高低，均以平等、無償的方式提供給全國民享用。

國民醫療保險包括家醫診療、小兒科（14歲以下）、長期醫療照顧、醫院（包括急診室）以及地方醫療設施。國民醫療保險的投保人在身體不舒服時，能夠優先找家醫看診。然而，由於必須先進行預約掛號，所以在跟家醫的診所掛號以後，需要在約定的時間上門接受診療。家醫的診療以及處方籤的開立皆為免費的，但若需要專科醫師的診療的話，需要家醫的意見書。在公立醫療設施及綜合醫院接受診療時，只需支付被稱為 ticket 的基本診療費。

若是需要輸血或進行手術等緊急措施時，可以利用急診室（pronto soccorso）或是要求派出救護車。到達急診室後，會根據患者重傷的程度，給予按顏色分類的鑑別代碼（codice colore）。在患者情況危急時，能優先接受治療，其治療費也是免費的。對於需要立即進行治療的患者，會給予紅色代碼；在 10~15 分鐘以內需要接受治療者，則給予黃色代碼；至於沒有生命危險的外傷或骨折患者，則會給予綠色代碼；最後是輕傷或是感冒症狀的患者，會被給予白色代碼。如果是白色代碼，可以申請診療費核銷。

若為在義大利的外國人，以就業簽證獲得滯留許可證時，也必須加入醫療保險。學生簽證的情況可以使用 INA(私人保險)代替。加入醫療保險之後，到醫療保險機構領取醫療保險卡，並選擇家醫，便可享用義大利人民所享有的醫療福利。

È quello che cercavo!

那是我在找的東西！

- 關係代名詞 che, cui, chi
- 不定形容詞／不定代名詞
- 表達主觀想法

Chi è quel ragazzo?
那男孩是誰？

È Franco che lavora con noi.
是跟我們一起工作的佛朗哥。

● 關係代名詞 che, cui, chi

關係代名詞的功能是將兩個句子連接成一個句子，扮演著連接詞的角色。關係代詞修飾的名詞或代名詞被稱為先行詞，而關係子句固定放在後方修飾先行詞。

關係代名詞 che

關係代名詞 che 只能作為主詞和受詞使用，無法與介系詞一同使用。

Ho conosciuto Carlo. Carlo lavora nel bar. 我認識卡羅。卡羅在咖啡廳工作。
→ Ho conosciuto Carlo **che** lavora nel bar. 我認識在咖啡廳工作的卡羅。

> **主詞** Chi è quella ragazza **che** sta parlando con Luigi?
> 那個正在和路易吉說話的女孩是誰呢？

> **受詞** Il libro **che** mi hai regalato è molto interessante. 你送給我的書非常有趣。

關係代名詞 cui

關係代名詞 cui 主要與介系詞一起使用，或是作為所有格使用，其形態不變。與 che 不同的是，先行詞無法成為關係子句的主詞或受詞。

> **介系詞** + **cui**

La persona **di cui** ti ho parlato è Maria. 我跟你說過的那個人是瑪莉亞。

La sedia **su cui** ho lasciato il mio portafoglio è quella.
我把錢包遺忘在椅子上，就是在那一張。

> **地點** + **in cui** = **地點** + **dove** (關係副詞)

La città **in cui** (= **dove**) abita mia cugina è bellissima.
我表妹居住的城市非常美。

> **注意**
> 關係代名詞 cui 與介系詞 a 一同使用時，可以省略 a。
> La donna (a) cui ho telefonato è mia moglie. 我打電話過去的那位女生，是我的妻子。

關係代名詞 chi

chi 的意思是「做～的人」，是已經將先行詞包含在內的關係代名詞。其形態不變，固定以單數出現，可作為主詞、受詞、補語的角色，也可與介系詞搭配使用。

> **主詞** **Chi** non studia non passa l'esame. 不讀書的人無法通過考試。

> **受詞** Non mi piace **chi** parla troppo. 我不喜歡話很多的人。

> **補語** Andate **con chi** volete! 跟你們想要的人一起去！

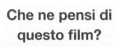

Che ne pensi di questo film?
你覺得這部電影怎麼樣？

Mi sembra noioso.
看起來很無聊。

● 不定形容詞／不定代名詞

　　指用來指稱不特定的事物、不特定的人或數量的詞彙。不定形容詞指的就是帶有「所有」或是「幾個」、「一些」等意思，並修飾名詞如形容詞功能的詞彙，不定代名詞即具有「某人」、「所有東西」等意義的代名詞。

不定形容詞	固定放在單數名詞前做修飾，其形態不變 **ogni** 所有的，每～（表示頻率）　**qualche** 幾個～，一些～
不定代名詞	**ognuno/a** 全部，所有人　　　　**qualcuno/a** 某人 **qualcosa** 某事物（形態不變）
不定形容詞・ 不定代名詞	**tutto/i/a/e** 所有的；全部　　　**alcuni/e** 幾個～，一些～；幾個，一些 **nessuno/a** 沒有～；誰也不～　　**ciascuno/a** 每一～；每一個

Ogni studente suona il suo strumento. 所有的學生都演奏自己的樂器。

Qualcuno bussa alla porta. 有人在敲門。

Tutti sono d'accordo con lui, ma **nessuno** lo ammette.
雖然所有人都同意他，但沒有任何人承認。

Alcuni miei compagni del liceo vanno all'università. 我的一些高中同學上大學。

> 參考
> 當 alcuno 被用在與 qualche 意義相同的情況時，其形態固定為複數。

● 表達主觀想法

　　使用帶有「看起來像～」、「好像是～」意義的 parere、sembrare 動詞，能夠表達主觀的印象、想法以及感覺。不過這些動詞的主詞不是表達主觀想法的當事人，而是產生想法的對象。因此動詞的形態通常是第三人稱單數或複數。

間接受詞代名詞 ＋ **parere/sembrare** ＋	形容詞／副詞／名詞 **di** ＋ 動詞原形	（在我看來）好像、應該～

Mi (=A me) **pare** un bravo ragazzo. 對我來説，看起來像是個好孩子。

Mi **sembra** di essere in un sogno. 我好像在做夢。

A　Che ne pensi di questi piatti? 你覺得這些菜怎麼樣？

B　Ogni piatto **sembra** appetitoso. 所有的食物看起來都很好吃。

> 參考
> 在詢問意見時，可以使用意思為「你覺得呢？／你怎麼想？」的 (Tu) Che ne pensi/dici?的表達方式。

Sofia	Anche tu stai partendo?
Marco	No, sto aspettando un'amica che arriva da Siena.
Sofia	È la ragazza con cui sei uscito l'altra volta?
Marco	Sì, è lei. Ma senti, stasera pensiamo di vedere l'opera "La boheme". Sai dove si trova il teatro Verdi?
Sofia	Sì, non è lontano, devi andare sempre dritto fino al ponte Mezzo, poi attraversi il ponte, a destra c'è piazza Garibaldi. E in fondo alla piazza troverai il teatro Verdi.
Marco	Grazie.
Sofia	Figurati!

蘇菲亞	你也要出門去嗎？
馬可	不是，我正在等從西恩納來的朋友。
蘇菲亞	是上次跟你一起出去的那位女孩嗎？
馬可	是的，就是她。不過呢，今晚我們打算去看歌劇《波西米亞人》。你知道威爾第歌劇院在哪裡嗎？
蘇菲亞	知道，不遠。你得一直直走，走到中橋。然後過橋，右邊便是加里波第廣場。威爾第歌劇院就在廣場的盡頭。
馬可	謝謝。
蘇菲亞	不客氣！

對話 TIP

Figurati! 或 Si figuri! 分別是以 tu 和 Lei 為對象的命令式，是在日常會話中經常使用的表達。其意義與 prego 或 di nulla 相同，是「不客氣」、「別在意」、「沒什麼」、「沒關係」的意思。

A　Grazie per il tuo aiuto. 謝謝你的幫忙。

B　Figurati! 別在意！

A　Signore, vuole sedersi? 先生，您要坐嗎？

B　No, si figuri! 不用，沒關係！

生字及表達

l'altra volta 上次
trovarsi 位於
dritto 直直地
ponte m.橋
in fondo 在盡頭
piazza f.廣場

Ogni stanza è dotata di terrazzo che dà sull'Arno.

Perfetto, è proprio quello che cercavo!

Antonio	Ho visto un appartamento in affitto sul vostro sito.	安東尼奧	我在您的網站上看到一個出租的公寓。
Agente immobiliare	Di quale si tratta?	不動產仲介	是說哪一個呢？
Antonio	Quello in via Manzoni con un parcheggio esterno. Quante camere ci sono?	安東尼奧	位於曼佐尼大街，有室外停車場的那個。有幾間房間？
Agente immobiliare	Ci sono due camere da letto, ma c'è una mansarda che gli attuali proprietari usano come studio. Ogni stanza è dotata di terrazzo che dà sull'Arno. Che ne pensa?	不動產仲介	有兩間寢室，不過這有一間被目前房東用作書房的閣樓。每間房間都配有能俯瞰阿爾諾河畔的陽台。你覺得怎麼樣呢？
Antonio	Mi sembra perfetto. È proprio quello che cercavo!	安東尼奧	對我來說很完美。這正是我在找的房子。

對話 TIP

- dare su 的意思是「面向、朝向～」，是在描述視野、風景時使用。
  Abbiamo una stanza che dà sul cortile. 我們有一間面向庭院的房間。

- 「quello che ＋主詞＋動詞」是包括先行詞在內的關係子句，被使用為「做 (了)～的某事」的意思。若是在前面加上 tutto，就會是「做 (了)～的所有事」的意思。
  Dobbiamo ascoltare quello che ci dicono. 我們要聽他們說的話。
  Farò tutto quello che volete. 我會做你們想要的所有事。

生字及表達

in affitto 出租
sito *m.*網站
Di quale si tratta?
是關於哪一個呢？
parcheggio *m.*停車場
esterno/a 外部的
mansarda *f.*閣樓
attuale 現在的，目前的
proprietario/a 所有者，主人
studio *m.*書房
dotato di 配有（設備、家具等）

道路

strada
f. 道路

via
f. 大街

piazza
f. 廣場

ponte
m. 橋

strisce pedonali
f. 斑馬線

incrocio
m. 十字路口

marciapiede
m. 人行道

fermata dell'autobus
f. 公車站

semaforo
m. 紅綠燈

pedone
m. 行人

sottopassaggio
m. 地下道

segnale stradale
m. 道路指示牌

vigile/ssa
交通巡警

zona traffico limitato (ZTL)
f. 交通管制區域

參考
義大利所有城市的中心都被指定為禁止外部車輛通行的「交通管制區域(ZTL)」。除了當地居民的車子、大眾交通工具和事先獲得許可的車輛以外，其他交通工具都被限制進出。若是違反ZTL，將被處以80~300 歐元左右的罰款。

問路

Mi sa dire dov'è la
fermata della metro?

Vada sempre dritto e
al secondo incrocio
giri a sinistra.

A 您能告訴我地鐵站在哪裡
嗎？

B （請您）一直往前走，
然後在第二個十字路口
左轉。

Scusi, c'è una
farmacia qui vicino?

Deve proseguire per circa
cento metri fino al semaforo,
poi girare a destra.

A 不好意思，這附近有藥局
嗎？

B 您得往前走大約 100 公
尺，直到看到紅綠燈再右
轉。

▸ proseguire 繼續前進

Posso andare con la
macchina in piazza
Garibaldi?

No, è zona pedonale.

A 我可以開車去加里波第廣場
嗎？

B 不行，那是行人專用區。

文法

1 請在空格中填入合適的關係代名詞，來完成句子。

cui   che   con cui   tutto quello che   chi

(1) Ho perso il libro _____ ho comprato ieri.

(2) _____ non ha biglietto non può entrare.

(3) Luisa è la ragazza _____ Marco è uscito ieri sera.

(4) Qual è il motivo per _____ Anna è tornata?

(5) Dimmi _____ sai!

2 請參考 範例，使用關係代名詞 che 將兩個句子合併成一個句子。

範例

    Il libro è molto interessante. Sto leggendo un libro.
  →   Il libro che sto leggendo è molto interessante.

(1) Ho perso il cellulare. Mia sorella mi ha regalato un cellulare.

  → _____

(2) Le ragazze sono simpatiche. Mi hai presentato le ragazze sabato sera.

  → _____

(3) Abbiamo ordinato la pizza. La pizza è veramente buona.

  → _____

3 請在下方選出合適的不定形容詞或不定代名詞，並完成句子。

alcuni   nessun   ogni   qualche   qualcosa

(1) _____ bambino deve andare a scuola a sei anni.

(2) _____ lavoro è molto interessante, ma altri sono molto noiosi.

(3) _____ studenti giocano a pallacanestro.

(4) Non ho _____ problema di salute.

(5) Voglio mangiare _____ di buono. Ho molta fame.

★ pallacanestro m. 籃球

請聽錄音，並在括弧中寫下音檔中與圖示相對應的編號。

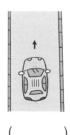  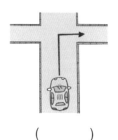

(   )   (   )   (   )

請在地圖中圈選出以下短文所指的場所。

Vai sempre dritto fino alla fine della strada, poi giri a sinistra. Quando vedi la chiesa di Santa Maria Maggiore, giri a destra. Prendi una grande strada che si chiama Via Roma e prosegui circa 500 metri e lo troverai alla tua destra.

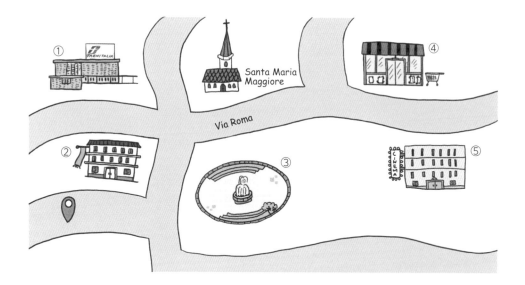

全世界最小的國家「梵蒂岡」

被稱為「天主教心臟」的梵蒂岡城國，位於羅馬台伯河西部的沿岸，坐落於梵蒂岡山上。梵蒂岡的地名源自於拉丁語 vates，意思是「預測未來的人」。梵蒂岡雖然是世界上最小的國家，但是在國際上卻擁有巨大的影響力。在 19 世紀中期被併入義大利王國之前，梵蒂岡在足足千年之間於西方史中，行使了羅馬和周邊地區之間的絕對性權力，佔有著重要的地位。

梵蒂岡城國是根據 1929 年 2 月義大利政府和教廷所簽署的《拉特朗條約》所建立而成的。由於拉特朗條約，義大利將教宗視為天主教會的精神領袖，並承認梵蒂岡是不受所有外力干涉的獨立主權國家。在 2022 年，現任的教皇是透過 2013 年的教宗選舉祕密會議（conclave）所選出的第 266 屆教宗方濟各教宗（Papa Francesco）。

梵蒂岡城國於 1982 年被聯合國教科文組織列入世界文化遺產之一。在城國之中，波提且利、貝尼尼、米開朗基羅、拉斐爾等文藝復興藝術大師的作品比比皆是；在梵蒂岡博物館中也保存著歷史上珍貴的文件。梵蒂岡的中心聖彼得廣場（Piazza San Pietro）是由建築大師吉安洛倫佐貝尼尼（Gian Lorenzo Bernini）所設計的，於 1657 年開工，並在 10 年後的 1667 年完工。以聖彼得大教堂為基準，兩側有著雄偉的半圓形迴廊。由多達 284 根巨大的柱子所組成的兩座迴廊，彷彿就像是在敞開雙臂擁抱信徒一樣。廣場的中央有著一座巨大的方尖塔，高聳直入雲霄。聖彼得廣場是舉行宗教儀式的中心，每週日教宗都會從辦公室窗戶的另一端向聚集在廣場的信徒打招呼，主持三鐘經祈禱，並傳達祝聖的訊息。

聖彼得大教堂是奉獻給聖彼得的一座教堂，一年四季都不斷地有來自世界各地的天主教信徒前來參拜。於教堂的內部能夠欣賞到米開朗基羅的作品《聖殤》，呈現著將死去的耶穌抱於懷中的聖母瑪莉亞之樣貌。在大教堂的底下安放著歷代教宗的墓。從文藝復興到巴洛克時代，聖彼得大教堂擁有長達 120 年的歷史意義，要說此教堂擁有的藝術價值是難以言喻的，一點也不為過。

Se farà bel tempo...

如果天氣好的話…

- 近愈過去時（trapassato prossimo）
- 過去進行式
- 與事實相符的假設
- 序數

Hai visto Claudio alla stazione ieri?
你昨天在車站有看到克勞迪奧嗎？

Purtroppo no. Quando sono arrivato, era già partito.
可惜沒看到。我抵達的時候，他就已經離開了。

● 近愈過去時（trapassato prossimo）

近愈過去時主要用來表達比過去某一時間點更早完成的動作或狀態。也就是說，近愈過去時指的是比之前學過的**近過去時**（passato prossimo）和**未完成時**（imperfetto）更早發生的行為。近愈過去時通常不以單句的形式使用，因它是用來表達過去連續事件的先後關係。其形式為「助動詞 essere/avere（未完成時）＋過去分詞」。與近過去時一樣，若是不及物動詞時，助動詞使用 essere；若為及物動詞時，則使用 avere。

	essere	andare 去	avere	magiare 吃
io	ero		avevo	
tu	eri	andato/a	avevi	
lui/lei/Lei	era		aveva	mangiato
noi	eravamo		avevamo	
voi	eravate	andati/e	avevate	
loro	erano		avevano	

Quando Giorgio è arrivato alla stazione, il treno per Londra **era** già **partito**.
當喬爾喬抵達火車站時，開往倫敦的火車已經離開了。

Sono andato al cinema dopo che **avevo finito** di studiare.
我在讀完書之後去了電影院。

Luigi mi ha detto che **aveva** già **preso** il caffè.
路易吉跟我說他已經喝過咖啡了。

> **參考**
> 因為近愈過去時主要涉及兩個有時間前後順序的過去事件，因此是個常以 quando、che、dopo che 等來連接兩子句的句子形態。

● 過去進行式

過去進行式主要用來表達在過去某一時間點進行中的動作，意思是「（當時）正在～」、「（當時）在～中」。其形式與現在進行式一樣，是結合 stare 動詞和現在分詞的句型：「stare 的未完成時＋現在分詞」。

> **stare 未完成時** ＋ 現在分詞

A Che cosa **stavi facendo** stamattina lì? 你今天早上在那裡做什麼呢？
B **Stavo facendo** ginnastica con mio marito. 我當時正在和我丈夫一起運動。

Che fai domani?
你明天要做什麼？

**Se farà bel tempo,
andrò al mare.**
如果天氣好的話，我會去海邊。

● 與事實相符的假設

　　假設句是由「se 假設子句，主要子句」組成。若 se 假設子句的內容表示「可能實現的條件」，而主要子句的內容是「極有可能會隨該條件發生某結果」時，可以使用如下假設句。

① Se＋直陳式現在時／未來時, 直陳式現在時／未來時：如果～的話，就～(會～)

　　se 子句和主要子句的時態不一定會一致。可以根據意義來選擇使用現在時態或未來時態。

　　Se piove, rimango a casa. 如果下雨，我就待在家裡。

　　Se farà bel tempo, **andrò** al mare. 如果天氣好的話，我會去海邊。

② Se＋直陳式現在時＋命令式：如果～的話，就～吧！

　　Se sei stanco, **riposati**! 如果你累了，就休息吧！

> **參考**
> se 假設句和主要子句的順序也可以改變。
> Ti accompagno se mi chiedi.
> 如果你拜託我的話，我會帶你去。

● 序數

　　表示順序的序數應與所指的名詞性別、數量保持一致，通常與定冠詞一起出現。序數常用來表達樓層或分數。

1º/ª	2º/ª	3º/ª	4º/ª	5º/ª
primo/a	secondo/a	terzo/a	quarto/a	quinto/a
6º/ª	7º/ª	8º/ª	9º/ª	10º/ª
sesto/a	settimo/a	ottavo/a	nono/a	decimo/a

Abito al **terzo** piano. 我住在三樓。

Prenda la **seconda** strada a destra! 請走右邊第二條街！

Beviamo un **quarto** litro di latte. 我們喝 1/4 公升的牛奶。

> **參考**
> 在表達分數時，分母使用序數，分子使用基數，順序為「分子＋分母」，此外，序數為 2 以上時，則使用複數形。

Quando sono arrivato in biglietteria, tutti i biglietti erano già esauriti.

Che sfortuna!

Mina	Non sei uscito?
Luca	No. Stasera sono a casa. Stavo guardando la partita di calcio.
Mina	Volevi andare allo stadio a vedere la partita della Juventus.
Luca	Sì, ma non ce l'ho fatta a trovare il biglietto.
Mina	Ma come?!
Luca	Quando sono arrivato in biglietteria, tutti i biglietti erano già esauriti. Questa volta volevo guardarla allo stadio in mezzo ai tifosi...
Mina	Che sfortuna!

米娜　你沒出去嗎？

盧卡　沒有。我今天晚上在家裡。我正在看足球比賽。

米娜　你不是想去體育館看尤文圖斯的比賽嗎？

盧卡　對，但是我買不到票。

米娜　怎麼會這樣？

盧卡　我到售票處的時候，所有的票早就已經賣光了。我這次本來想在體育館裡面跟球迷一起觀看比賽的…

米娜　運氣真不好！

對話 TIP

「ce l'ho fatta a ＋動詞原形」是「做到了～」的表達方式。也可以直接單獨使用「ce l'ho fatta」，表達「做到了」。人稱的變化只要注意 avere 動詞的變化即可。

Ce l'ho fatta! 我做到了！

Ce l'abbiamo fatta a superare l'esame! 我們通過考試了！

生字及表達

stadio *m.*體育館
partita *f.*比賽，競賽
esaurito/a 賣完的
in mezzo a 被～包圍，在～中間
tifoso/a 粉絲，支持者
Che sfortuna! 運氣真不好！

Potrò trovare almeno la mia carta d'identità?

Speriamo! Se la ritrovano ti faranno sapere.

Mina	Ho perso il mio portafoglio. È già la seconda volta.
Antonio	Ma dove?
Mina	Forse me l'hanno rubato sull'autobus.
Antonio	C'era qualcuno di sospetto vicino a te?
Mina	Non mi ricordo...
Antonio	Dovresti andare subito a denunciare il furto. Se vuoi, ti accompagno alla stazione di polizia.
Mina	Potrò trovare almeno la mia carta d'identità?
Antonio	Speriamo! Se la ritrovano ti faranno sapere.

米娜	我的錢包不見了。已經是第二次了。
安東尼奧	到底是在哪裡？
米娜	可能是在公車上被偷了。
安東尼奧	當時在你附近有可疑的人嗎？
米娜	我不記得了…。
安東尼奧	你可能應該要馬上去報竊盜案。如果你想要的話，我陪你一起去警察局。
米娜	至少應該能找到我的身分證吧？
安東尼奧	希望如此！如果他們找到的話，他們會告訴你的。

對話 TIP

- 在複合時態中，受詞代名詞放在助動詞的前面。不過當直接受詞代名詞 lo、la 放在 avere 動詞的動詞變化之前時，會縮寫為 l'ho, l'hai, l'ha, l'abbiamo, l'avete, l'hanno 的形態。
  A Dove hai messo il mio libro? 你把我的書放到哪裡了？
  B **L'ho** messo sul tavolo. 我把它放到桌子上了。

- far sapere 是「告知」的意思。far 是 fare 動詞語尾脫落的形態，在這裡是意為「使～做～」的使役動詞。雖然是由兩個動詞所組成，但可以將其想成是一個動作。
  Ti **faccio** sapere se lo trovo. 我找到那個的話就告訴你。
  Fammi sapere entro stasera!（你）今晚之前告訴我！

生字及表達
forse 也許，可能
rubare 偷
sospetto 可疑的 *m.*疑心
ricordarsi 記得
denunciare 報案
furto *m.*竊盜
almeno 至少
carta d'identità *f.*身分證
Speriamo! 希望如此！
ritrovare 尋找

機關場所名稱

① aeroporto *m.* 機場

② albergo, hotel *m.* 飯店

③ stazione di polizia *f.* 警察局

④ vigili del fuoco *m.* 消防局

⑤ Municipio, Comune *m.* 市政府

⑥ ospedale *m.* 醫院

⑦ posta *f.*, ufficio postale *m.* 郵局

⑧ cinema *m.* 電影院

⑨ banca *f.* 銀行

⑩ farmacia *f.* 藥局

⑪ teatro *m.* 劇場，歌劇院

⑫ centro commerciale *m.* 購物中心

⑬ università *f.* 大學

緊急狀況發生時

Che cos'è successo?

Mi hanno rubato la borsetta.

A 發生什麼事了？

B 我的手提包被偷了。

B的其他表達方式

Ho perso il portafoglio.
我把錢包弄丟了。

Vorrei denunciare un furto.
我想報竊盜案。

Chiamate un'ambulanza!

Chiamate la polizia!

A 請打電話叫急救車！

B 請打電話叫警察！

Chiamate i pompieri!

Al fuoco!

A 失火了！

B 請打電話叫消防員！

▸ pompiere *m.* 消防員

Faccia attenzione!

Aiuto!

A 請小心！

B 幫幫我！

A的其他表達方式

Attenzione! 小心！

Attento! 小心！

文法

1 請將句子裡的動詞，變化為合適的近愈過去時，以完成句子。

(1) Quando Claudio è arrivato alla stazione, il treno _____ già _____ (partire).

(2) Quando siamo arrivati al cinema, lo spettacolo _____ (iniziare) da cinque minuti.

(3) Avevano mal di pancia perché _____ (mangiare) troppe ciliegie.

(4) Sono andata a letto dopo che _____ (finire) i compiti.

(5) Siccome _____ (dimenticare) il portafoglio, non ho potuto pagare il conto.

2 請將句子裡的動詞，變化為合適的過去進行式，以完成句子。

(1) Cosa _____ (tu – fare) ieri sera?

(2) Di chi _____ (voi – parlare)?

(3) Io _____ (aspettare) l'autobus quando Luigi mi ha telefonato.

(4) Io e i miei amici _____ (guardare) la partita di calcio.

3 請將合適的序數填入空格中。

(1) 第 3 學年　→　_____ anno

(2) 5 樓　　　→　_____ piano

(3) 3/4　　　→　_____

(4) 第 6 次　→　_____ volta

聽力 ● 請聽錄音，並在括弧中填入適合回應各種狀況的選項。

ⓐ Chiami un'ambulanza!
ⓑ Chiami i pompieri!
ⓒ Chiami la polizia!

(1) (　　　　　　)
(2) (　　　　　　)
(3) (　　　　　　)

閱讀 ● 請閱讀下列對話，並回答問題。

Cara Susanna,

ieri sono arrivata a Roma. Stamattina ho visitato il centro di Roma e devo dire che è davvero una città con molti monumenti antichi. A pranzo sono andata con dei miei amici a mangiare in un ristorante in cui cucinano dell'ottimo pesce, ma come tu ben sai, a me il pesce non piace, infatti ho ordinato una pizza ed era davvero molto buona. Se domani farà bel tempo come oggi, andrò a vedere il Colosseo, ma se piove, visiterò i musei vaticani di ammirare i capolavori di Michelangelo.

Emma

(1) 請選擇與以上內容一致的選項。
　　① Emma 今天早上抵達羅馬。
　　② Emma 和朋友們中午吃了披薩。
　　③ Susanna 知道 Emma 不喜歡吃魚。
　　④ Emma 拜訪了古羅馬競技場。

(2) 請用中文寫下若是明天下雨的話，Emma 打算做什麼。
　　→ _____

★ ammirare 感嘆，欣賞

義大利的國民運動──足球

在義大利，足球是義大利絕大多數的人民十分熱衷的文化之一。在義大利足球甲組聯賽（Serie A，簡稱「義甲」）或歐洲足球錦標賽（UEFA）賽季的時候，很多人都會全神貫注投入於足球比賽之中。大家會三三兩兩地聚在家裡或酒吧裡一邊喝著啤酒，一邊觀看比賽，用觀看世界盃賽季規模的歡呼聲熱烈為球隊加油。這種熱情不侷限於國際型賽事或義大利足球甲組聯賽等頂級聯賽，也持續到乙組聯賽，或是其他等級的聯賽。由此便能切身地感受到，足球在義大利的地位儼然可說是國民運動。

在近代以前，由於義大利曾被劃分為多個城邦，且各個城邦獨立行使自治權，在這樣的歷史背景之下，義大利的足球包含著強烈的地方情感和民族主義。在過去，由於激進的足球流氓出現，小規模的暴力事件層出不窮，但隨著國民意識的增強，此類事件也逐漸減少。義大利人從小就開始接觸足球，學習合作精神和好勝心，與足球一同成長。因此，對於義大利人來說，足球的意義早已超越單純的興趣或是純粹觀賽，可以說是令義大利人自豪的傳統，同時也是支撐他們民族精神的核心文化。

義大利職業足球聯賽始於1890年，接著於1905年加入國際足球總會（FIFA），並制定了以當地區域為基礎的聯賽形式。在第一次世界大戰之後，隨著踢足球的人口數增加，規模也開始擴大，經過一番波折以後，義大利的國家足球隊在世界盃上總共獲得了四次優勝，站穩了世界足球強隊的地位。國家隊被稱為「藍衫軍（Gli azzurri）」，球衣和隊徽也是藍色的，這是源自於1946年之前統治過義大利薩伏依王室的徽章。薩伏依王朝的徽章邊框顏色為藍色，被義大利王室採用為官方代表色，直到在義大利王國消失過後的今天，藍色仍然被拿來代表國家的顏色。目前，義大利國家隊的隊徽是藍色背景上印著義大利國旗的三個顏色，並畫有四顆星星，象徵義大利曾獲得四次冠軍。

Vorrei un cappuccino, per favore.

請給我一杯卡布奇諾。

- 條件式現在時
- 條件式過去時
- ne 代名詞

Cosa desidera?
您想要什麼？

Vorrei un tè al limone, per favore.
請給我一杯檸檬茶。

● 條件式現在時

條件式包含現在時和過去時兩個時態。**條件式現在時**表示與現在或未來的事實相關，當說話者想委婉表達，或是提出個人的意見或忠告時，可代替直陳式使用。

規則形：-are 動詞的特徵是語尾變化與 -ere 動詞的相同。

	tornare 回來	prendere 搭乘；吃	finire 結束
io	torn**erei**	prend**erei**	fin**irei**
tu	torn**eresti**	prend**eresti**	fin**iresti**
lui/lei/Lei	torn**erebbe**	prend**erebbe**	fin**irebbe**
noi	torn**eremmo**	prend**eremmo**	fin**iremmo**
voi	torn**ereste**	prend**ereste**	fin**ireste**
loro	torn**erebbero**	prend**erebbero**	fin**irebbero**

不規則形：條件式現在時的不規則形，與簡單未來時的不規則形態類似。

簡單未來時不規則動詞**語幹**＋條件式現在時**語尾** (-rei / resti / rebbe / remmo / reste / rebbero)

essere 是～	sa**rei**	volere 想要～	vo**rrei**
avere 擁有	av**rei**	venire 來	ve**rrei**
dovere 必須～、得～	dov**rei**	tenere 維持	te**rrei**
potere 能～、可以～	pot**rei**	rimanere 停留	rima**rrei**
andare 去	and**rei**	stare 度過	sta**rei**
sapere 知道	sap**rei**	fare 做～	fa**rei**
vedere 看	ved**rei**	dare 給	da**rei**

用法

願望或希望	**Vorrei** viaggiare in tutto il mondo. 我想環遊世界。
委婉的要求	**Potrebbe** chiudere la finestra, per favore? 能請您幫我關窗戶嗎？
委婉的勸告	Non **dovreste** comportarvi così. 你們應該不能那麼做的。
未確認的事實	A Chi è? 她是誰呢？ B **Dovrebbe** essere mia madre. 她應該是我媽媽。

Quanti libri hai?
你有幾本書？

Ne ho due.
我有兩本。

● 條件式過去時

條件式過去時的表現形式是「助動詞 essere/avere 的條件式現在時＋過去分詞」。在表達過去未發生、沒有實現，或是現在或未來皆不可能實現的事實或行為時使用。除此之外，也用於表達過去時態中的未來，以及假設句（與過去、現在、未來事實相反的假設）。

	essere	andare 去	avere	finire 結束
io	**sarei**		**avrei**	
tu	**saresti**	andato/a	**avresti**	
lui/lei/Lei	**sarebbe**		**avrebbe**	finito
noi	**saremmo**		**avremmo**	
voi	**sareste**	andati/e	**avreste**	
loro	**sarebbero**		**avrebbero**	

用法

①過去未發生、沒有實現的事實

Ti **avrei telefonato**, ma il mio cellulare era scarico.
我早該打電話給你的，可是當時手機沒電了。

②現在或未來不可能實現的事實或行為

Sarei rimasto con voi, ma devo proprio andare. 我想和你們在一起，但我真的得走了。

③過去中的未來

Marta mi ha detto che **sarebbe tornata** presto. 瑪塔告訴我她很快就會回來。

● ne 代名詞

ne 是用來代稱某個數量的事物時所使用的代名詞，嚴格來說，主要是代稱以「di ＋事物／人」（「～中」的意思）形式的表達。為了不要重複先前提及某個數量的事物或人物時，就會使用 ne。

A Quanti libri compri? 你要買幾本書？

B **Ne** compro <u>due</u>. = Compro due libri. 我買兩本。

> 參考
> 作為直接受詞代名詞的 lo、la、li、le，與 ne 的不同之處在於，前者能表達前面提及事物的整體；而 ne 則只用來表達其中的一部分。

Buongiorno. Desidera?

Vorrei un cappuccino.

Barista	Buongiorno. Desidera?
Sofia	Vorrei un cappuccino e ci sono i cornetti?
Barista	Sì, ce li abbiamo: quelli alla cioccolata, quelli vuoti e quelli in fondo sono con la marmellata di albicocche.
Sofia	Ne prendo uno alla cioccolata e potrei avere anche un bicchiere d'acqua?
Barista	Certo! Arrivo subito.
Sofia	Quant'è in tutto?
Barista	Sono 3 euro e 50.

咖啡師	早安。您想要什麼？
蘇菲亞	我要一杯卡布奇諾。有牛角麵包嗎？
咖啡師	有的，我們有：有巧克力的、空心的，還有裡面含杏桃果醬的。
蘇菲亞	我可以要一塊巧克力的，然後還要一杯水嗎？
咖啡師	當然可以！馬上就好。
蘇菲亞	一共多少錢？
咖啡師	3 歐元 50 歐分。

參考
雖然 Arrivo subito. 的意思是「馬上就來」，但也經常被使用為「馬上為您準備(您點的東西)」的意思。

對話 TIP

意思是「擁有～」的 avere 動詞，當要和直接受詞代名詞 lo、la、li、le 一起使用的話，就會像 ce li abbiamo 一樣，會伴隨著 ci 一起出現。此外，在表達「我有（那個）」時，就會變成 ce l'ho/l'hai/l'ha/l'abbiamo/l'avete/l'hanno。如果 ci 之後接的是直接受詞代名詞，ci 就會變成 ce 的形態。

A Hai una macchina? 你有車嗎？
B Sì, ce l'ho. 有，我有 (那個)。

生字及表達
cornetto *m.*
牛角麵包，可頌麵包
vuoto/a 空的，空虛的
in fondo 在底部
marmellata *f.*果醬
albicocca *f.*杏桃

Volete ordinare?

Vorremmo dare un'occhiata al menu.

Cameriere　Volete ordinare?

Marta　Vorremmo dare un'occhiata al menu. Qual è il piatto del giorno?

Cameriere　Bistecca di manzo.

Marta　Allora ci porti una bistecca di manzo ben cotta e una cotoletta alla milanese con insalata.

Dopo un po'...

Cameriere　Tutto a posto? Desiderate ancora qualcos'altro?

Marta　La cameriera ha detto che ci avrebbe portato il tiramisù, ma non è ancora arrivato.

Cameriere　Ah... mi dispiace, ma non ce n'è più.

服務生　您要點餐嗎？

瑪塔　我們想看看菜單。今日特餐是什麼？

服務生　牛排。

瑪塔　那請給我們一份全熟牛排和一份米蘭炸肉排配沙拉。

隔了一會

服務生　一切都還好嗎？您還要其他什麼嗎？

瑪塔　那位服務生說她會幫我們把提拉米蘇送來，但還沒到。

服務生　啊…不好意思，提拉米蘇沒有了。

參考
肉的熟度（cottura）
・ben cotta 全熟
・media 五分熟，半熟
・al sangue 帶血的

生字及表達
ordinare 點餐
bistecca *f.* 牛排
manzo *m.* 牛肉
cotoletta *f.* 炸肉排
Tutto a posto. 一切都好（=沒問題）。
Desiderate ancora qualcos'altro?
還想要其他什麼嗎？
tiramisù *m.* 提拉米蘇

對話 TIP

dare un'occhiata a 有「看一下～」的意思。
Vorrei dare un'occhiata al catalogo. 我想看看目錄。
Dai un'occhiata un attimo ai bambini? 你能幫我看一下孩子們嗎？

餐具擺設

① tovagliolo *m.* 餐巾
② forchetta da pesce *f.* 魚叉
③ forchetta da carne *f.* 肉叉
④ forchetta da insalata *f.* 沙拉叉，前菜叉
⑤ piatto fondo da minestra *m.* 湯碗
⑥ piatto piano *m.* 第一道主菜盤（深盤）
⑦ sottopiatto *m.* 第二道主菜盤（淺盤）
⑧ coltello da carne *m.* 肉刀
⑨ coltello da pesce *m.* 魚刀
⑩ cucchiaio da minestra *m.* 湯匙
⑪ coltello da burro *m.* 奶油刀
⑫ piattino per il burro o il pane *m.* 奶油／餐包盤
⑬ cucchiaio da dessert *m.* 甜點匙
⑭ forchetta da dessert *f.* 甜點刀
⑮ bicchiere per l'acqua *m.* 水杯
⑯ bicchiere da vino bianco *m.* 白酒杯
⑰ bicchiere da vino rosso *m.* 紅酒杯

参考
義大利套餐的正式用餐順序如下。
①antipasto：開胃菜
②primo piatto: 第一道主菜（如義大利麵或焗飯料理）
③secondo piatto：第二道主菜（如肉類或魚類料理）
　contorno：搭配第二道主菜的配菜，通常是沙拉或炸薯條等
④dolce：甜點

點餐與結帳

Avete un tavolo
per due?

Potete
accomodarvi qui.

A 你們有兩個人的位子嗎？

B 你們可以坐這裡。

▸ accomodarsi 坐下

Siete pronti per
ordinare?

Sì, abbiamo deciso.

A 你們準備好要點餐了嗎？

B 是的，我們決定好了。

B的其他表達方式

Ancora un minuto, per favore.
請再等一下。

Ci può suggerire qualcosa?
能推薦我（食物）嗎？

Per primo, che
cosa c'è?

Abbiamo degli
spaghetti con le
vongole.

A 第一道主菜有什麼？

B 我們有蛤蜊義大利麵。

A的其他表達方式

Avete piatti vegetariani?
你們有素食的料理嗎？

Ecco il vostro conto.

Possiamo
pagare con carta
di credito?

A 帳單在這裡。

B 我們可以用信用卡結帳嗎？

B的其他表達方式

Possiamo pagare
separatamente?
我們可以分開結帳嗎？

文法

1　請將句子裡的動詞，變化為合適的條件式形態，以完成句子。

(1) Noi _____ (volere) sapere a che ora parte il prossimo treno per Napoli.

(2) Mi _____ (piacere) bere una cioccolata calda con panna.

(3) Secondo le previsioni meteo, domani _____ (dovere) fare bel tempo.

(4) Carla ha detto che _____ (arrivare) presto, invece ancora non c'è.

(5) L' _____ (fare), ma non avevo il telefono con me!

2　請從 lo, la, li, le, ne 之中選出最適合的代名詞，並填入空格，以完成句子。

(1) A　Chi compra le olive?
　　 B　_____ compra Francesca.

(2) A　Tu bevi molta acqua?
　　 B　Sì, _____ bevo almeno due litri al giorno.

(3) A　Hanno incontrato gli amici?
　　 B　Sì, _____ hanno incontrat _____ ieri.

(4) A　Hai comprato i biglietti per il concerto?
　　 B　Sì, _____ ho comprat _____ quattro.

3　請選出最能針對左側狀況給予忠告的選項，並將選項連起來。

(1) Ho mal di denti!　　　　　　•

(2) Devo fare molti compiti, ma • non riesco a concentrarmi.

(3) Ho fame, ma non ho niente • nel frigorifero!

(4) Ho sonno.　　　　　　　　•

(5) Sono nervoso per l'esame • di domani!

•　ⓐ Al posto tuo, io andrei subito a dormire.

•　ⓑ Al posto tuo, Marco andrebbe al ristorante.

•　ⓒ Al posto tuo, noi berremmo una camomilla.

•　ⓓ Al posto tuo, io sarei già andato dal dentista.

•　ⓔ Al posto tuo, Anna andrebbe a studiare in biblioteca.

★ al posto tuo 如果站在你的立場上 ｜ camomilla f. 洋甘菊

● 請聽錄音，並回答下列問題。

(1) 請選擇客人沒點的餐點。

① un bicchiere d'acqua ② un bicchiere di vino

③ un caffè macchiato ④ un cornetto

(2) 客人選了哪一款牛角麵包？

① alla crema ② alla marmellata

③ alla cioccolata ④ Niente

閱讀　● 請在下方找出最適合填入空格的句子，並完成對話。

① E da bere?

② Un'insalata mista per favore.

③ Certo, potete accomodarvi qui.

④ Volete ordinare?

⑤ A posto così. Ci può portare il conto?

Cliente	Scusi, c'è un tavolo libero? Siamo in due.
Cameriere	(1) _____
	Ecco il menù.
	Dopo qualche minuto...
Cameriere	(2) _____
Cliente	Vorremmo gli spaghetti alla carbonara e le lasagne al pesto.
Cameriere	Come contorno che cosa prendete?
Cliente	(3) _____
Cameriere	(4) _____
Cliente	Una bottiglia di acqua minerale, grazie.
Cameriere	Desiderate un dolce? Il caffè?
Cliente	(5) _____

★ insalata mista *f.* 綜合沙拉 ｜ conto *m.* 帳單

義大利必嚐的在地美食

義大利於 1861 年完成全國統一之前的好幾個世紀期間，被劃分為數個自治城邦。由於義大利是由佔國土 75% 的山脈所形成的閉鎖式地形，各地區皆呈現出鮮明的特色。也因此，義大利隨地區而異的多樣化料理，都是用各地區當地特產製作而成。品嚐多元特色的美食，讓義大利旅遊的樂趣倍增。

　　義大利北部的代表性城市米蘭，其代表的料理為米蘭燉飯（risotto alla milanese）。這是一道在平底鍋裡放入橄欖油、奶油、切碎的洋蔥、大蒜，接著放入生米後，再慢慢地將跟番紅花一起熬煮的雞湯給倒進去燉煮的料理。另外，如果有機會拜訪北部利古里亞大區的熱拿亞或五漁村的話，絕不能錯過的料理就是青醬（pesto）。青醬是由新鮮的羅勒葉、橄欖油、松子、大蒜、帕瑪森起司、佩科里諾羊奶乾酪一起磨製而成的綠色醬料，與各種義大利麵一起拌著吃的話味道絕佳。如今，青醬已經成為了不分地區，在家也能製作的義大利代表料理。

　　中部地區則有羅馬最具代表性的卡波納拉義大利麵（carbonara）。誕生於羅馬的卡波納拉義大利麵，以雞蛋和培根為基本材料製成，烹煮的方法非常簡單，不論是任何人都能輕鬆做得出來。據傳聞，「卡波納拉」這個名字是源自於在義大利的亞平寧山脈挖煤的礦工（carbonaio）愛吃的食物。

　　提到義大利料理的話，首先會浮現在腦海中的，便是被稱為義大利料理女王的披薩。雖然在義大利的各個角落都有披薩店，但若是前往坎帕尼亞大區的拿坡里，便能嚐到傳統的義大利披薩。為了薩伏依王室的瑪格莉特女王所製作的瑪格莉特披薩（pizza Margherita），是典型的拿坡里披薩。番茄的紅色和莫札瑞拉起司的白色，以及羅勒葉的綠色互相融合，讓人不禁聯想起義大利的國旗，是此披薩讓人印象深刻的特徵。

È necessario fare sport.

需要運動。

- 被動語態
- 使用 si 的被動語態
- 非人稱語法

Da chi è stato composto "l'Aida"?
《阿依達》是由誰作曲的？

Da Giuseppe Verdi.
是朱塞佩威爾第。

● 被動語態

被動語態是用在當想要強調受詞（而主詞不是那麼重要）時，所使用的文法，此時原本放在及物動詞後面的受詞，會被提到前面主詞的位置。換言之，原本主動語態的受詞，成為被動語態的主詞，但動詞的形態要改為「essere ＋及物動詞的過去分詞」。過去分詞的陰陽性和單複數要與被動語態的主詞保持一致。此外，若需要提到行為的主體時，即「～被某某人逮捕」中的「某某人」，則使用「da ＋行為主體」來表達。

> **essere** ＋ 過去分詞 ＋ **da** ＋ 行為主體

① 單一時態

Molti lettori　　leggono　　"Il Nome della rosa". 許多讀者閱讀《玫瑰的名字》。

"Il Nome della rosa" **è letto da** molti lettori. 《玫瑰的名字》被許多讀者閱讀。
= "Il Nome della rosa" **viene letto da** molti lettori.

> **參考**
> 若為單一時態，也可以使用「venire＋過去分詞」，用 venire 來取代 essere。

② 複合時態

La polizia　ha arrestato　i ladri. 警察逮捕了小偷們。

I ladri **sono stati arrestati dalla** polizia. 小偷們被警察逮捕了。

Chi　ha dipinto　"La Gioconda"? 誰畫了蒙娜麗莎？

Da chi **è stata dipinta** "La Gioconda"? 蒙娜麗莎是被誰畫的？

③ 如果是表達必要性和義務的被動態，也可以使用「andare＋過去分詞」的形態。

Tutti devono rispettare le regole. 大家都應該遵守規則。
→ Le regole devono **essere rispettate da** tutti. 規則應該被大家遵守。
= Le regole **vanno rispettate da** tutti.

Che bel panorama!
視野很好呢！

Da qui si vede il lago di Como.
這裡能看到科莫湖。

● 使用 si 的被動語態

除了「essere/venire ＋及物動詞的過去分詞」形式以外，表達被動句也能使用「si ＋動詞的第三人稱單數／複數」形態。此時 si 後面可以接著「及物動詞＋受詞」，且動詞要根據（放在被動態主詞位置的）受詞的人稱（可能是第 3 人稱單數或複數）來做變化。此外，動詞後面不能接表達行為的主體（da ＋行為主體）。

A Firenze **si insegna** il coreano in molte scuole. 在佛羅倫斯的很多學校都有教韓語。

= A Firenze il coreano è/viene insegnato in molte scuole.

In Italia **si producono** molti tipi di vino. 義大利出產很多種類的葡萄酒。

= In Italia sono/vengono prodotti molti tipi di vino.

● 非人稱語法

沒有明確鎖定的對象，通常用來表達「做～是（很）～」的情況，主要是用「essere ＋形容詞／副詞＋動詞原形」結構，此為非人稱語法。此時，essere 動詞固定以第三人稱單數使用。

è necessario 有需要（做）～； （做）～是有必要的	**È necessario** fare sport. 需要運動。（運動是有必要的）
è meglio （做）～比較好	**È meglio** stare in silenzio. 保持安靜比較好。
è possibile/impossibile （做）～是有可能的／不可能的	**È impossibile** vivere senza acqua. 沒有水是不可能活下去的。（沒有水過活是不可能的）
è facile/difficile （做）～很簡單／困難	**È difficile** risparmiare soldi. 存錢是很困難的。
è vietato 禁止（做）～	**È vietato** fumare nei locali pubblici. 在公共場合禁止吸菸。

對話 1 Dialogo 1 20_1

Dove si produce?

In Veneto dove si coltiva un tipo di uva bianca che si chiama "Glera".

Marta	Buono questo vino, cos'è?
Antonio	È un Prosecco.
Marta	Dove si produce?
Antonio	In Veneto dove si coltiva un tipo di uva bianca che si chiama "Glera".
Marta	È veramente buono.
Antonio	Si abbina bene a pesce e frutti di mare.
Marta	Ma nel Nord d'Italia vengono prodotti solo vini bianchi?
Antonio	No, si producono anche vini rossi straordinari, come l'Amarone.

瑪塔	這個葡萄酒很好喝。這是什麼（酒）呢？
安東尼奧	是薄賽珂。
瑪塔	在哪裡生產的呢？
安東尼奧	在威尼托，那裡種植一種叫做「格雷亞」的白葡萄。
瑪塔	真的很好喝。
安東尼奧	很適合搭配魚肉和海鮮。
瑪塔	不過在北義大利只生產白葡萄酒嗎？
安東尼奧	不是的，也生產像是阿瑪羅尼紅酒一樣優質的紅葡萄酒。

生字及表達
vino *m.*葡萄酒
produrre 生產
coltivare 栽培，種植
uva *f.*葡萄
frutti di mare *m.*海鮮
straordinario/a 特別的，優秀的

對話 TIP

abbinarsi a 的意思是「和～搭配」，經常用於衣服、食物、顏色等。
Il vino rosso si abbina molto bene alla carne. 紅酒和肉很搭。
Avete una camicia da abbinare a questi pantaloni?
你們有適合搭配這條褲子的襯衫嗎？

216

Avete una camera matrimoniale per una settimana.

È possibile utilizzare il wi-fi gratuitamente in camera?

Elisabetta	Salve, abbiamo una prenotazione a nome "Verdi".
Receptionist	Benvenuti! Avete una camera matrimoniale per una settimana.
Elisabetta	È possibile utilizzare il wi-fi gratuitamente in camera?
Receptionist	Certo! Potete anche avere accesso al nostro centro benessere con piscina coperta e sauna.
Elisabetta	Benissimo! Ho solo un'ultima domanda: è consentito tenere cani in camera?
Receptionist	Soltanto cani di piccola taglia, ma è vietato portarli nel ristorante.

伊莉莎貝塔	您好，我們有用「威爾第」這個名字預約。
接待員	歡迎光臨！你們有一間雙人房，待一個星期。
伊莉莎貝塔	房間內可免費使用無線網路嗎？
接待員	當然！你們也可用我們裡面有室內游泳池和三溫暖的芳療中心。
伊莉莎貝塔	太棒了！最後一個問題：可以帶狗進房間嗎？
接待員	僅限小型犬，但禁止帶進餐廳。

生字及表達

camera matrimoniale *f.* 雙人房
utilizzare 使用
gratuitamente 免費
accesso *m.* 使用權；進出
centro benessere *m.* 芳療中心
piscina coperta *f.* 室內游泳池
taglia *f.* 大小，尺寸

è consentito 的意思是「被允許」，主詞可能是名詞或是動詞。這裡的 consentito 是 consentire 動詞的過去分詞形態。
È consentito utilizzare dispositivi elettronici a bordo.
飛機上可以使用電子設備。
L'accesso è consentito solo agli adulti. 只有成年人才能進出。

容量的表達

una tazza di tè
一杯茶

una fetta di formaggio
一塊起司

un pizzico di sale
一撮鹽巴

una lattina di coca cola
一罐可樂

una scatoletta di tonno
一罐鮪魚罐頭

una bottiglia di acqua
一瓶水

un bicchiere di birra
一杯啤酒

un cucchiaio di zucchero
一匙砂糖

un vasetto di miele
一罐蜂蜜

un litro di latte
一公升牛奶

un sacchetto di fagioli
一袋豆子

una manciata di ciliege
一把櫻桃

有趣的慣用語

Maria ha le mani bucate.

Non riuscirà mai a risparmiare abbastanza per comprarsi una casa.

A 瑪莉亞很會花錢，花錢如流水。

B 她永遠無法存夠錢買房子。

▸ avere le mani bucate
字面意義：有雙破洞的手（手上破了個洞，所以錢像漏水一樣流走）

Ti piace molto mangiare!

Sì, sono una buona forchetta.

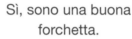

A 你真的很愛吃！

B 是的，我是大胃王。

▸ essere una buona forchetta
字面意義：是個好叉子（好叉子表示吃得愉快的意思）

Mi stai ascoltando?

Scusa, avevo la testa fra le nuvole.

A 你有在聽我說話嗎？

B 對不起，我分心到別的地方去了。

▸ avere la testa fra le nuvole
字面意義：有個在雲中的頭（表示在想別的事情，很散漫的意思)

Il professore ha un diavolo per capello.

Ha scoperto che abbiamo copiato all'esame.

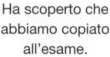

A 老師非常生氣。

B 他發現我們考試作弊了。

▸ avere un diavolo per capello
字面意義：頭髮裡藏著惡魔（表示已經氣到頭頂了的意思）

文法

1 請將句子裡的動詞，變化為合適的被動語態，以完成句子。

(1) La nonna (amare) _____ molto _____ dai suoi nipoti.

(2) Questa rivista (leggere) _____ da molte persone.

(3) L'America (scoprire) _____ da Cristoforo Colombo nel 1492.

(4) Questi spaghetti (cucinare) _____ da mia nonna questo pomeriggio.

★ scoprire 發現

2 請將以下主動態句子改成被動態。

(1) Ogni mattina Marco pulisce la camera.

　→ _____

(2) I carabinieri hanno arrestato i ladri.

　→ _____

(3) Leonardo Da Vinci ha dipinto "La Gioconda".

　→ _____

(4) In vacanza i turisti scattano sempre molte fotografie.

　→ _____

3 請把與圖片相關的句子連起來。

(1)

•

　• ⓐ È necessario allacciare le cinture di sicurezza.

(2)

•

　• ⓑ Non è consentito usare il cellulare.

(3)

•

　• ⓒ È vietato fumare nei locali pubblici.

★ cinture di sicurezza *f.* 安全帶

● 請聽錄音，並回答下列問題。

(1) ① microonde　　　　　② ascensore

　　③ macchina fotografica　④ frigorifero

(2) ① lavatrice　　　　　　② ascensore

　　③ televisore　　　　　④ bicicletta

★ elettrodomestico *m.* 家電用品 ｜ microonde *m.* 微波爐 ｜ trasporto *m.* 移動 ｜ incendio *m.* 火災

閱讀 ● 請閱讀下列文章，並回答問題。

> **Bed&Breakfast** - *Casa di Donatella*

Patrizia

★★★

Abbiamo passato tre giorni perfetti. La casa è molto carina e spaziosa. Dalla stazione centrale ci vogliono 10 minuti a piedi. ⓐ <u>È comodo arrivare</u> in centro, la fermata dell'autobus è a 50 metri.

Andrea

★★☆

L'appartamento ⓑ <u>mi è piaciuto</u> molto, però l'aria condizionata non funziona correttamente, ⓒ <u>va riparata</u> al più presto.

Mario

★☆☆

Casa di Donatella si trova in un quartiere molto tranquillo. La casa ⓓ <u>è stata restaurata</u> recentemente. L'unico problema è che l'internet è molto lento.

(1) 請選出與上述內容一致的選項。

　① Casa di Donatella 距離火車站只有 10 分鐘車程。

　② Casa di Donatella 的網路無法運作。

　③ Andrea 留下了「冷氣雖然不太好用，但是沒問題」的評論。

　④ Casa di Donatella 最近重新裝修了。

(2) 請選出ⓐ ~ ⓓ之中所有不是被動語態的選項。

★ quartiere *m.* 地區，區域 ｜ restaurare 修理，修復 ｜ recentemente 最近

擁有 3 千年歷史的義大利葡萄酒

在義大利人的餐桌上不可或缺的便是葡萄酒了。自古至今，葡萄酒的歷史便伴隨著飲食文化的軌跡發展而來。已保有三千年之久葡萄酒歷史的義大利，有著豐富多彩的飲食文化，在數千年間發展出各種搭配不同食物的葡萄酒。

在古代，義大利被稱為「Enotria tellus」，意思是「葡萄酒之國」。在義大利，人們開始種植葡萄的時間是在西元前一千年左右，當時古希臘人在地中海盆地建立了殖民城邦。最早開始葡萄耕種的地區，是當時被古希臘人視為商業基地要角的西西里島和卡拉布里亞。西元前 3 世紀，在漢尼拔與羅馬軍隊開戰期間，整個義大利南部都已開始種植葡萄；到了羅馬帝國時期，葡萄產地更擴散到義大利北部和阿爾卑斯山以北。在那之後，由於日耳曼人的入侵，義大利的葡萄耕種經歷了短暫的停滯期，要到文藝復興時期才又開始再度蓬勃發展。

在 1960 年代後期，由托斯卡尼地區開始，接著是弗留利和皮埃蒙特，隨後在整個義大利各地區都在進行葡萄的種植，並完成了釀造葡萄酒的現代化系統。目前，義大利是全世界上最大的葡萄酒生產國，每年生產的葡萄酒數量十分驚人，相當於60億公升。葡萄酒的主要產地集中於托斯卡尼、皮埃蒙特、普利亞、西西里、艾米利亞-羅馬涅和威尼托地區。

義大利的葡萄酒按照嚴格的標準共分為4個等級。最高的等級為 D.O.C.G.（Denominazione di Origine Controllata e Garantita：原產地生產管制保證）和 D.O.C（原產地生產管制），是賦予在一定地區的地理環境中進行生產或製造的優質葡萄酒認證的等級。其次是賦予於限定地區栽培的葡萄品種所釀造而成的葡萄酒之等級 IGT（Indicazione Geografica Tipica：指定地理產區餐酒），最後是平時也能輕鬆享用的日常葡萄酒等級 VDT（Vino da Tavola：普通餐酒）。

經典奇揚地

義大利的代表性葡萄酒不計其數，但是在台灣，最廣為人知的葡萄酒包含了托斯卡尼的「經典奇揚地（Chianti Classico）」、皮埃蒙特的「巴羅洛（Barolo）」。而在某些酒商通路，還會引進威尼托的「阿瑪羅尼（Amarone）」，以及托斯卡尼唯一的白葡萄酒「聖吉米尼亞諾的維娜恰（Vernaccia di San Gimignano）」。特別是維娜恰深受羅馬教宗和麥地奇家族的喜愛，同時也是但丁在神曲煉獄篇中提到的葡萄酒，因而聞名。

巴羅洛

維娜恰

阿瑪羅尼

✳ 課前準備

透過語尾來區分名詞的陰陽性

一般來說，若名詞語尾為 -o，那就是陽性名詞；語尾為 -a，則是陰性名詞；語尾為 -e 的話，那麼可能是陽性名詞或陰性名詞。然而，不遵循這些規則的名詞亦存在，大部分如下所列。

（1）陽性名詞不規則語尾

語尾	例子		
-ma	tema 主題	cinema 電影（院）	programma 計畫
-ore	fiore 花	colore 顏色	
-one	sapone 香皂	pallone 球	
-ale	giornale 報紙	ospedale 醫院	
-ile	fucile 步槍	sedile 座位	
-ì	lunedì 星期一	martedì 星期二	
-子音	bar 咖啡廳	sport 運動	computer 電腦

（2）陰性名詞不規則語尾

語尾	例子	
-tà	libertà 自由	verità 真相
-tù	gioventù 青春	virtù 美德
-i（大部分為陰性）	crisi 危機	analisi 分析
-ione（大部分為陰性）	lezione 課程	soluzione 解決
-ie（大部分為陰性）	serie 連續	moglie 妻子
-ice（大部分為陰性）	lavatrice 洗衣機	radice 根源

名詞的不規則複數形

（1）以 -o 結尾的陰性名詞，其單數複數同形的例子。

la radio 收音機（單數） — le radio 收音機（複數）
la moto 摩托車（單數） — le moto 摩托車（複數）
la foto 照片（單數） — le foto 照片（複數）

參考
moto 和 foto 分別是 motocicletta 和 fotografia 縮寫的形式。

(2) 以 -si 結尾的陰性名詞，其單數複數同形的例子。

la crisi 危機（單數）	—	le crisi 危機（複數）
l'analisi 分析（單數）	—	le analisi 分析（複數）
la tesi 論文（單數）	—	le tesi 論文（複數）

(3) 由子音結尾的名詞（主要為外來語）多為陽性名詞，單數複數同形的例子。

l'autobus 巴士（單數）	—	gli autobus 巴士（複數）
il computer 電腦（單數）	—	i computer 電腦（複數）
il bar 咖啡廳（單數）	—	i bar 咖啡廳（複數）

(4) 語尾為 -a 的陽性名詞，其複數形語尾為 -i。

il problema 問題（單數）	—	i problemi 問題（複數）
il poeta 詩人（單數）	—	i poeti 詩人們（複數）

(5) 若為以 -ista 結尾的名詞，在單數時，陰陽性同形。但是若為複數形，陽性名詞的語尾為 -i；陰性名詞的語尾為 -e。

farmacista *m.f.* 藥師（單數）	—	i farmacisti（陽性複數）/ le farmaciste 藥師（陰性複數）
artista *m.f.* 藝術家（單數）	—	gli artisti（陽性複數）/ le artiste 藝術家（陰性複數）
dentista *m.f.* 牙醫師（單數）	—	i dentisti（陽性複數）/ le dentiste 牙醫師（陰性複數）

(6) 一般來說，語尾為 -io 的陽性名詞，其複數形的語尾為 -i。

l'orologio 手錶（單數）	—	gli orologi 手錶（複數）
l'operaio 勞動者（單數）	—	gli operai 勞動者們（複數）

注意
在語尾為 -io 的名詞之中，當重音在 i 時，陽性名詞的複數形語尾為 -ii。
lo zio 叔叔（單數）– gli zii 叔叔們（複數）

(7) 一般來說，語尾為 -co 和 -go 的陽性名詞，其複數形分別為 -chi 和 -ghi。

il tedesco 德國人（單數）	—	i tedeschi 德國人們（複數）
l'albergo 飯店（單數）	—	gli alberghi 飯店（複數）

注意
也有例外的情況。
l'amico 朋友（單數）– gli amici 朋友們（複數）
lo psicologo 心理學家（單數）– gli psicologi 心理學家們（複數）

(8) 語尾為 -ca 或 -ga 的陰性名詞，其複數形語尾分別為 -che 和 -ghe。

l'amica 朋友（單數）　　—　　le amiche 朋友們（複數）

la collega 同事（單數）　　—　　le colleghe 同事們（複數）

(9) 語尾為 -cia 或 -gia 的陰性名詞，若 -cia、-gia 的前面是子音的話，那麼複數形語尾分別為 -ce 和 -ge；相反的，若前面是母音的話，語尾則為 -cie 和 -gie。

l'arancia 柳橙（單數）　　—　　le arance 柳橙（複數）

la camicia 白襯衫（單數）　—　　le camicie 白襯衫（複數）

(10) 此外，也有複數形是不規則的名詞。

l'uomo　m. 人（單數）　　　—　　gli uomini　m. 人們（複數）

l'uovo　m. 雞蛋（單數）　　—　　le uova　f. 雞蛋（複數）

la mano　f. 手（單數）　　　—　　le mani　f. 手（複數）

il braccio　m. 手臂（單數）　—　　le braccia　f. 手臂（複數）

il ginocchio　m. 膝蓋（單數）—　　le ginocchia　f. 膝蓋（複數）

il dito　m. 手指（單數）　　—　　le dita　f. 手指（複數）

il labbro　m. 嘴唇（單數）　—　　le labbra　f. 嘴唇（複數）

第 1 課

與主詞保持一致性

當 essere 動詞後面有用來說明或修飾主詞的名詞或形容詞時，名詞和形容詞的陰陽性和單複數，需與主詞保持一致。

Lui è studente. 他是學生。　　　　　Lei è studentessa. 她是學生。

Mario è alto. 瑪利歐身高很高。　　　Giulia è alta. 茱莉亞身高很高。

詢問國籍的表達方式

我們能夠使用 Di che nazionalità sei? 來詢問國籍。

A　Di che nazionalità è Lei? 您是哪國人？

B　Sono tedesco. 我是德國人。

第 3 課

定冠詞的用法

(1) 指出特定的人事物：用於指出已知或先前提及的特定名詞前。

> In cortile c'è un cane. 院子裡有一隻狗。（不特定的一隻狗）
> In cortile c'è il cane. 院子裡有隻狗。（先前提過的某隻特定的狗）

(2) 唯一性：在表達獨一無二的人事物名詞時使用。

> La luna è gialla. 月亮是黃色的。
> Il papa vive a Roma. 教宗住在羅馬。

(3) 地理名稱：用於河流、湖泊、島嶼、海洋、山脈等地理名稱前。

> La Sardegna è una bellissima regione. 撒丁島是一個非常美麗的地區。
> Il Po è il fiume più lungo d'Italia. 波河是義大利最長的河流。

(4) 整體的表達：用於提及某物種、某群體或類別的整體時。

> Il leone vive in Africa. 獅子棲息在非洲。
> I soldati portano la divisa. 軍人們穿軍服。

(5) 所有格之前：一般所有格前面皆有定冠詞。

> La sua casa è molto grande. 他的家非常大。
> Mi piace il mio lavoro. 我喜歡我的工作。

(6) 時間、日期的表達：在表達時間或日期時使用。

> Oggi è il 26 novembre. 今天是 11 月 26 號。
> Sono le quattro e un quarto. 現在是 4 點 15 分

(7) 其他：定冠詞也用來代替指示形容詞和不定形容詞。

> Entro la (= questa) primavera prenderò la patente. 我在今年春天以前要考到駕照。
> Il (= Ogni) sabato sera vado a ballare. 我每週六晚上去跳舞。

第 5 課

不規則形容詞

狀態形容詞通常是放在名詞後面做修飾，但若是 bello 和 buono，它們有可能放在名詞的前面，也有可能放在後面。若是放在名詞前面的情況，就會變化為不規則的形態。

(1) buono（好的，美味的）：與不定冠詞套用相同的規則變化。

性別	**buono**	用法	例子
陽性	buon	陽性單數名詞前	buon caffè 好喝的咖啡
	buono	在陽性單數名詞之中，以 s＋子音以及以 x, y, z, pn, gn, ps 之子音開頭的名詞前	buono studente 好學生
陰性	buona	陰性單數名詞前	buona persona 好人
	buon'	以母音開頭的陰性名詞前	buon'amica 好朋友

(2) bello（帥氣的，長得帥的，美麗的）：與定冠詞套用相同的規則變化。

性別	單複數 單數	單複數 複數	用法	例子
陽性	bel	bei	以子音開頭的陽性名詞前	bel ragazzo 長得帥的男孩 bei ragazzi 長得帥的男孩們
	bello bell'	begli	以母音開頭的陽性名詞前；以 s＋子音、以 x, y, z, pn, gn, ps 之子音開頭的陽性名詞前	bello studente 帥氣的學生 bell'amico 帥氣的朋友 begli studenti 帥氣的學生們
陰性	bella bell'	belle	陰性名詞前	bella donna 美麗的女性 bell'amica 美麗的朋友 belle donne 美麗的女性們

第 6 課

詢問季節並回答

A In che stagione siamo? （現在）是什麼季節？
B Siamo in primavera. 是春天。

第 8 課

不規則現在分詞

在變化現在分詞時，雖然大多數的動詞皆以規則形態變化，但如下方的這幾個動詞（主要是以 -arre、-orre、-urre 結尾的動詞原形），是以不規則形態呈現。

fare 做～	facendo	bere 喝	bevendo
dire 說	dicendo	trarre 拉	traendo
porre 放置	ponendo	tradurre 翻譯	traducendo

第 11 課

不同場所搭配的介系詞

與 andare 動詞搭配使用（意思為「往～去」）來表達目的地的各種場所名詞，會分別使用以下不同的介系詞。

in + 目的地 （往～）	in Italia 往義大利 in chiesa 往教會 in biblioteca 往圖書館 in farmacia 往藥局 in ufficio 往辦公室	in pizzeria 往披薩店 in centro 往市內 in Sardegna 往撒丁島 in montagna 往山上去 in banca 往銀行
a + 目的地 （往～）	a Roma 往羅馬 a casa 往家的方向	a scuola 往學校 a teatro 往劇場
a + 冠詞 + 目的地 （往～）	al cinema 往電影院 al bar 往咖啡廳 al ristorante 往餐廳 al supermercato 往超市	al mare 往大海 all'università 往大學 al mercato 往市場 al primo piano 往 1 樓
da + 人 （往～的家裡）	da Antonio 往安東尼奧的家裡 da te 往你家 da lui 往他家	da me 往我家 da lei 往她家
da + 冠詞 + 職業 （往～工作的地方）	dal dentista 往牙科 dal farmacista 往藥局 dal fioraio 往花店	dal dottore 往醫院 dal parrucchiere 往理髮廳

第12課

特殊形態的比較級 & 最高級（形容詞及副詞）

一般來說，形容詞和副詞的比較級使用 più（更～、較多）和 meno（更不～、較少）來完成。部分的形容詞不僅使用此種常見的形態來變化，也使用以下的特殊形態。

形容詞	比較級	相對最高級	絕對最高級
buono 好的，美味的	più buono = migliore 更好的	il più buono = il migliore 最好的，最棒的	buonissimo = ottimo 最棒的
cattivo 壞的，糟糕的，難吃的	più cattivo = peggiore 更差的	il più cattivo = il peggiore 最壞的，最糟糕的	cattivissimo = pessimo 最糟糕的
grande 大的	più grande = maggiore 更大的	il più grande = il maggiore 最大的	grandissimo = massimo 最大的
piccolo 小的	più piccolo = minore 更小的	il più piccolo = il minore 最小的	piccolissimo = minimo 最小的

若為副詞 bene 和 male 的情況，不使用一般的比較級形態，而是另外套用特殊的形態變化。

副詞	比較級	相對最高級	絕對最高級
bene 好好地	meglio 更好地	il meglio 非常／最好地	benissimo 非常／最好地
male 壞地，不好地	peggio 更不好地，更差地	il peggio 非常／最不好地	malissimo 非常／最不好地

第13課

及物動詞的複合時態「助動詞（avere）＋過去分詞」

雖然當受詞放在「助動詞 avere＋過去分詞」的後面時，過去分詞的形態不變，但如果受詞以**直接受詞代名詞**（不適用於間接受詞代名詞）的形式放在動詞前面時，即使是使用助動詞 avere 的複合時態，其過去分詞的語尾需要和直接受詞代名詞的性別和數量保持一致。

A　Hai spedito la lettera? 你寄信了嗎？
B　Sì, l'ho già spedi<u>ta</u>. 是的，我已經寄了（那個）。

A　Hai dato i fiori a Susanna? 你給蘇珊娜花了嗎？
B　No, non glie<u>li</u> ho dati. 沒有，我沒給（她花）。

助動詞的近過去時

像是 dovere、volere 等助動詞的複合時態形式為「時態助動詞 essere/avere＋過去分詞（助動詞）＋主要動詞原形」，並會根據主要動詞的特性來決定前面的時態助動詞（essere 或 avere）。意即，主要動詞若是不及物動詞，助動詞使用 essere；若為及物動詞，則使用 avere 來做為助動詞。

時態助動詞	助動詞			主動詞
essere	dovere 必須~，得~	volere 想要~	potere 能~，可以~	andare 去
sono				
sei	dovuto/a	voluto/a	potuto/a	
è				
siamo				andare
siete	dovuti/e	voluti/e	potuti/e	
sono				
avere	dovere 必須~，得~	volere 想要~	potere 能~，可以~	mangiare 吃
ho				
hai				
ha				
abbiamo	dovuto	voluto	potuto	mangiare
avete				
hanno				

A Dove siete voluti andare? 你們當時想去哪裡？
B Siamo voluti andare a Londra. 我們當時想去倫敦。

A Perché non sei venuto alla festa? 你當時為什麼沒來派對？
B Ho dovuto lavorare fino a tardi. 我當時得工作到很晚。

第16課

單音節第 2 人稱單數命令式的雙子音化

第 2 人稱單數的**命令式**，若是由單音節所構成的動詞（如 dare - da', dire - di', stare - sta', fare - fa', andare - va'），那麼在與代名詞結合時會發生雙子音化。但是，唯獨 gli 不適用雙子音化。

Fammi (fa' + mi) sapere il risultato! 讓我知道結果！
Dicci (di' + ci) la verità! 告訴我們真相！
Dagli il mio indirizzo! 給他我的地址！

第 18 課

序數

　　序數從「第 1」到「第 10」都存在著固定的表達方式，但是從「第 11」開始，需刪除基數的最後一個母音，並加上 -esimo/a 變化。

undici + -esimo/a → undicesimo/a 第 11

11$^{o/a}$	undicesimo/a	23$^{o/a}$	ventitreesimo/a
12$^{o/a}$	dodicesimo/a	24$^{o/a}$	ventiquattresimo/a
13$^{o/a}$	tredicesimo/a	25$^{o/a}$	venticinquesimo/a
14$^{o/a}$	quattordicesimo/a	26$^{o/a}$	ventiseiesimo/a
15$^{o/a}$	quindicesimo/a	27$^{o/a}$	ventisettesimo/a
16$^{o/a}$	sedicesimo/a	28$^{o/a}$	ventottesimo/a
17$^{o/a}$	diciassettesimo/a	29$^{o/a}$	ventinovesimo/a
18$^{o/a}$	diciottesimo/a	30$^{o/a}$	trentesimo/a
19$^{o/a}$	diciannovesimo/a	100$^{o/a}$	centesimo/a
20$^{o/a}$	ventesimo/a	1.000$^{o/a}$	millesimo/a
21$^{o/a}$	ventunesimo/a	1.000.000$^{o/a}$	milionesimo/a
22$^{o/a}$	ventiduesimo/a		

注意
從第 20 之後的序數開始，若個位數為 3 和 6 的情況，不刪除最後一個母音，直接加上-esimo/a。

規則動詞

動詞原形 過去分詞	現在時	未完成時	簡單未來時	命令式	條件式
parlare **parlato** 說	parlo parli parla parliamo parlate parlano	parlavo parlavi parlava parlavamo parlavate parlavano	parlerò parlerai parlerà parleremo parlerete parleranno	(tu) parla (Lei) parli (noi) parliamo (voi) parlate	parlerei parleresti parlerebbe parleremmo parlereste parlerebbero
credere **creduto** 相信	credo credi crede crediamo credete credono	credevo credevi credeva credevamo credevate credevano	crederò crederai crederà crederemo crederete crederanno	(tu) credi (Lei) creda (noi) crediamo (voi) credete	crederei crederesti crederebbe crederemmo credereste crederebbero
partire **partito** 離開，出發	parto parti parte partiamo partite partono	partivo partivi partiva partivamo partivate partivano	partirò partirai partirà partiremo partirete partiranno	(tu) parti (Lei) parta (noi) partiamo (voi) partite	partirei partiresti partirebbe partiremmo partireste partirebbero
finire **finito** 結束	finisco finisci finisce finiamo finite finiscono	finivo finivi finiva finivamo finivate finivano	finirò finirai finirà finiremo finirete finiranno	(tu) finisci (Lei) finisca (noi) finiamo (voi) finite	finirei finiresti finirebbe finiremmo finireste finirebbero

不規則動詞

動詞原形 過去分詞	現在時	未完成時	簡單未來時	命令式	條件式
andare **andato** 去	vado vai va andiamo andate vanno	andavo andavi andava andavamo andavate andavano	andrò andrai andrà andremo andrete andranno	(tu) vai, va' (Lei) vada (noi) andiamo (voi) andate	andrei andresti andrebbe andremmo andreste andrebbero
avere **avuto** 擁有	ho hai ha abbiamo avete hanno	avevo avevi aveva avevamo avevate avevano	avrò avrai avrà avremo avrete avranno	(tu) abbi (Lei) abbia (noi) abbiamo (voi) abbiate	avrei avresti avrebbe avremmo avreste avrebbero
bere **bevuto** 喝	bevo bevi beve beviamo bevete bevono	bevevo bevevi beveva bevevamo bevevate bevevano	berrò berrai berrà berremo berrete berranno	(tu) bevi (Lei) beva (noi) beviamo (voi) bevete	berrei berresti berrebbe berremmo berreste berrebbero
dare **dato** 給	do dai dà diamo date danno	davo davi dava davamo davate davano	darò darai darà daremo darete daranno	(tu) dai, da' (Lei) dia (noi) diamo (voi) date	darei daresti darebbe daremmo dareste darebbero
dire **detto** 說	dico dici dice diciamo dite dicono	dicevo dicevi diceva dicevamo dicevate dicevano	dirò dirai dirà diremo direte diranno	(tu) di', dì (Lei) dica (noi) diciamo (voi) dite	direi diresti direbbe diremmo direste direbbero
dovere **dovuto** 必須～、得～	devo devi deve dobbiamo dovete devono	dovevo dovevi doveva dovevamo dovevate dovevano	dovrò dovrai dovrà dovremo dovrete dovranno		dovrei dovresti dovrebbe dovremmo dovreste dovrebbero

動詞原形 過去分詞	現在時	未完成時	簡單未來時	命令式	條件式
essere **stato** 是～，在～	sono sei è siamo siete sono	ero eri era eravamo eravate erano	sarò sarai sarà saremo sarete saranno	(tu) sii (Lei) sia (noi) siamo (voi) siate	sarei saresti sarebbe saremmo sareste sarebbero
fare **fatto** 做～	faccio fai fa facciamo fate fanno	facevo facevi faceva facevamo facevate facevano	farò farai farà faremo farete faranno	(tu) fai, fa' (Lei) faccia (noi) facciamo (voi) fate	farei faresti farebbe faremmo fareste farebbero
piacere **piaciuto** 喜歡	piaccio piaci piace piacciamo piacete piacciono	piacevo piacevi piaceva piacevamo piacevate piacevano	piacerò piacerai piacerà piaceremo piacerete piaceranno	(tu) piaci (Lei) piaccia (noi) piacciamo (voi) piacete	piacerei piaceresti piacerebbe piaceremmo piacereste piacerebbero
potere **potuto** 能～，可以～	posso puoi può possiamo potete possono	potevo potevi poteva potevamo potevate potevano	potrò potrai potrà potremo potrete potranno		potrei potresti potrebbe potremmo potreste potrebbero
preferire **preferito** 更喜歡	preferisco preferisci preferisce preferiamo preferite preferiscono	preferivo preferivi preferiva preferivamo preferivate preferivano	preferirò preferirai preferirà preferiremo preferirete preferiranno	(tu) preferisci (Lei) preferisca (noi) preferiamo (voi) preferite	preferirei preferiresti preferirebbe preferiremmo preferireste preferirebbero
rimanere **rimasto** 停留	rimango rimani rimane rimaniamo rimanete rimangono	rimanevo rimanevi rimaneva rimanevamo rimanevate rimanevano	rimarrò rimarrai rimarrà rimarremo rimarrete rimarranno	(tu) rimani (Lei) rimanga (noi) rimaniamo (voi) rimanete	rimarrei rimarresti rimarrebbe rimarremmo rimarreste rimarrebbero

動詞原形 過去分詞	現在時	未完成時	簡單未來時	命令式	條件式
salire **salito** 上去	salgo sali sale saliamo salite salgono	salivo salivi saliva salivamo salivate salivano	salirò salirai salirà saliremo salirete saliranno	(tu) sali (Lei) salga (noi) saliamo (voi) salite	salirei saliresti salirebbe saliremmo salireste salirebbero
sapere **saputo** 知道	so sai sa sappiamo sapete sanno	sapevo sapevi sapeva sapevamo sapevate sapevano	saprò saprai saprà sapremo saprete sapranno	(tu) sappi (Lei) sappia (noi) sappiamo (voi) sappiate	saprei sapresti saprebbe sapremmo sapreste saprebbero
scegliere **scelto** 選擇	scelgo scegli sceglie scegliamo scegliete scelgono	sceglievo sceglievi sceglieva sceglievamo sceglievate sceglievano	sceglierò sceglierai sceglierà sceglieremo sceglierete sceglieranno	(tu) scegli (Lei) scelga (noi) scegliamo (voi) scegliete	sceglierei sceglieresti sceglierebbe sceglieremmo scegliereste sceglierebbero
tenere **tenuto** 抓；維持	tengo tieni tiene teniamo tenete tengono	tenevo tenevi teneva tenevamo tenevate tenevano	terrò terrai terrà terremo terrete terranno	(tu) tieni (Lei) tenga (noi) teniamo (voi) tenete	terrei terresti terrebbe terremmo terreste terrebbero
tradurre **tradotto** 翻譯	traduco traduci traduce traduciamo traducete traducono	traducevo traducevi traduceva traducevamo traducevate traducevano	tradurrò tradurrai tradurrà tradurremo tradurrete tradurranno	(tu) traduci (Lei) traduca (noi) traduciamo (voi) traducete	tradurrei tradurresti tradurrebbe tradurremmo tradurreste tradurrebbero
uscire **uscito** 出去	esco esci esce usciamo uscite escono	uscivo uscivi usciva uscivamo uscivate uscivano	uscirò uscirai uscirà usciremo uscirete usciranno	(tu) esci (Lei) esca (noi) usciamo (voi) uscite	uscirei usciresti uscirebbe usciremmo uscireste uscirebbero

動詞原形 過去分詞	現在時	未完成時	簡單未來時	命令式	條件式
venire **venuto** 來	vengo vieni viene veniamo venite vengono	venivo venivi veniva venivamo venivate venivano	verrò verrai verrà verremo verrete verranno	(tu) vieni (Lei) venga (noi) veniamo (voi) venite	verrei verresti verrebbe verremmo verreste verrebbero
volere **voluto** 想要～	voglio vuoi vuole vogliamo volete vogliono	volevo volevi voleva volevamo volevate volevano	vorrò vorrai vorrà vorremo vorrete vorranno	(tu) vogli (Lei) voglia (noi) vogliamo (voi) vogliate	vorrei vorresti vorrebbe vorremmo vorreste vorrebbero

複合時態

現在進行式		近過去時		近愈過去時	
stare（現在時）+ 現在分詞		時態助動詞 essere/avere（現在時）+ 過去分詞		時態助動詞 essere/avere（未完成時）+ 過去分詞	
sto stai sta stiamo state stanno	arrivando bevendo finendo	sono sei è	arrivato/a	ero eri era	arrivato/a
		siamo siete sono	arrivati/e	eravamo eravate erano	arrivati/e
		ho hai ha abbiamo avete hanno	bevuto finito	avevo avevi aveva avevamo avevate avevano	bevuto finito

解答篇

2

陽性	libro, tavolo, fiore, letto, dottore, costoso
陰性	lezione, madre, buona, nuova
陰陽同形	interessante, felice

3 (1) bontà (2) insegnanti
(3) case (4) regali
(5) televisioni (6) penne
(7) problemi (8) mani
(9) mondi (10) uova

第 1 課

文法

1 (1) Io (2) Lui
(3) Noi (4) Voi
(5) Lei

2 (1) sono (2) sono
(3) siamo (4) è

3 (1) Buongiorno (2) ArrivederLa
(3) Buongiorno (4) Buonanotte

聽力

● (1) 阿根廷，布宜諾斯艾利斯
(2) 義大利，摩德納
(3) 日本，東京
(4) 美國，舊金山

閱讀

● (1) ③ (2) ④ (3) ①

第 2 課

文法

1 (1) stai (2) sto
(3) sta (4) state, stiamo

2 (1) ha (2) avete
(3) hanno (4) hai

3 (1) ⓒ (2) ⓔ (3) ⓑ
(4) ⓐ (5) ⓓ

聽力

● (1) ③ (2) ②

閱讀

● (1) Ciao (2) stai
(3) Sto (4) tu
(5) Come mai (6) ho

第 3 課

文法

1 (1) ti chiami (2) si chiama
(3) vi chiamate (4) si chiamano

2 (1) una, la (2) un, l'
(3) le (4) un, il
(5) uno, lo (6) un, il
(7) un, l' (8) gli

3 (1) i libri nuovi
(2) le penne rosse
(3) i giornali interessanti
(4) le finestre grandi
(5) gli yogurt buoni

聽力

● (1) ② (2) ④

閱讀

● (1) ② (2) ③

第 4 課

文法

1 (1) questa, queste penne
(2) quell', quegli orologi

(3) quest', questi amici

(4) quella, quelle chiavi

2 (1) il loro, i loro giornali

(2) il tuo, i tuoi fiori

(3) la nostra, le nostre biciclette

(4) suo, i suoi fratelli

3 (1) i nostri fratelli sono alti.

(2) non è mia sorella.

(3) è il mio portafoglio.

● (1) ③   (2) ③

● (1) ②   (2) ① - ⓑ, ② - ⓒ, ③ - ⓐ

第 5 課

文法

1 (1) ci sono   (2) c'è

(3) ci sono   (4) c'è

2 (1) sopra   (2) vicino al

(3) a destra   (4) davanti

3 (1) Dove   (2) nella

(3) di fronte   (4) Ci sono

聽力

● (1) ②   (2) ④

閱讀

● (1) ○   (2) ✕   (3) ✕

(4) ✕   (5) ○

第 6 課

文法

1 (1) venti

(2) millenovecentonovantasette

(3) ottocentocinquanta

(4) ventotto

(5) centodiciannove

(6) trentaquattromilasessanta

2 (1) Sono le sette e quindici. (= Sono le sette e un quarto.)

(2) Sono le dodici. (= È mezzogiorno.)

(3) Sono le tre e trenta. (= Sono le tre e mezzo/mezza.)

(4) Sono le otto e cinquanta. (= Sono le nove meno dieci.)

(5) È l'una e quarantacinque.

(6) Sono le diciasette.

3 (1) Oggi è mercoledì.

(2) Domani è giovedì.

(3) Oggi è il 14 luglio.

(4) Siamo in estate.

● (1) ①   (2) ③   (3) ②

● (1) ②   (2) ③

第 7 課

文法

1 (1) finite   (2) cantano

(3) mangia   (4) ascolti

(5) torniamo   (6) comincia

2 (1) ti svegli   (2) ci sediamo

(3) mi lavo   (4) si addormentano

3 (1) si lavano   (2) si trucca

(3) ci alziamo   (4) si veste

聽力

● (1) ⓒ   (2) ⓐ   (3) ⓓ   (4) ⓑ

閱讀

● (1) F   (2) V   (3) F   (4) V

第 8 課

文法

1　(1) fate　　　　(2) fa
　(3) faccio　　　(4) fa
　(5) fanno

2　(1) Fa bel tempo.　(2) È ventoso.
　(3) Piove.　　　　(4) Fa caldo.
　(5) Nevica.

聽力

● (1) ⓓ　　(2) ⓐ　　(3) ⓒ　　(4) ⓑ

閱讀

● (1) F　　(2) F　　(3) V　　(4) F
　(5) V

第 9 課

文法

1　(1) vuole　　　(2) posso
　(3) devono　　 (4) voglio
　(5) potete

2　(1) lo　　　　　(2) la
　(3) ci　　　　　(4) li

3　(1) conosci　　(2) so
　(3) sai　　　　 (4) conoscete, sapete
　(5) sapere

聽力

● (1) ④　　　　　(2) ④

閱讀

● (1) ②, Sai　　(2) la　　(3) ②, ③

第 10 課

文法

1　(1) gli　　　　　(2) ti
　(3) Le　　　　　(4) mi
　(5) vi

2　(1) te lo　　　　(2) ve la
　(3) te la　　　　(4) glielo

3　(1) puoi　　　　(2) sapete
　(3) riesco　　　(4) possiamo
　(5) sa

聽力

● (1) ③　　　(2) ①

閱讀

● (1) 和朋友們打保齡球
　(2) 因為對健康好
　(3) 一整天在家

第 11 課

文法

1　(1) va　　　　　(2) venire
　(3) vanno　　　 (4) vengono

2　(1) in　　　　　(2) a
　(3) dal　　　　　(4) in, al

3　(1) ④, ⓑ　　　　(2) ②, ⓐ
　(3) ①, ⓓ　　　　(4) ③, ⓒ

聽力

● (1) ①　　　(2) ②　　　(3) ②

閱讀

● (1) ②　　　(2) ①, ③

第 12 課

文法

1　(1) come
　　(2) tanto, quanto
　　(3) tanto, quanto

2　(1) ① è più veloce della bicicletta.
　　　　② è meno veloce della macchina.
　　(2) ① è più giovane di Giovanna.
　　　　② è meno giovane di Anna.
　　(3) ① sono più care delle fragole.
　　　　② sono meno care delle mele.

3　(1) Il vino francese è buonissimo.
　　(2) Questa valigia è pesantissima.
　　(3) Questo monumento è importantissimo.

聽力

● (1) ① 2L　　② 2kg　　③ 300g　　④ 1 瓶
　(2) ②

閱讀

● (1) costa　　　　　(2) ③
　(3) 黃色的包包，尺寸最大而且價格最便宜的。

第 13 課

文法

1　(1) ha comprato
　　(2) è arrivata, ha telefonato
　　(3) hai fatto
　　(4) mi sono seduto/a, ho parlato
　　(5) siete tornati/e

2　(1) ③　　　(2) ②　　　(3) ①　　　(4) ④

聽力

● ③, ①, ④, ②

閱讀

● (1) ⓑ - è,　ⓓ - abbiamo
　(2) ②, ④

第 14 課

文法

1　(1) era
　　(2) andavamo
　　(3) aveva
　　(4) faceva

2　(1) ho lavorato
　　(2) aveva
　　(3) facevamo, sono arrivati
　　(4) era

3　(1) eravamo
　　(2) sono andato
　　(3) ha vissuto
　　(4) attraversavano, hanno visto
　　(5) è andato, aveva, ha dormito

聽力

● (1) ②　　　(2) ③　　　(3) ①

閱讀

● ②

第 15 課

文法

1　(1) andrà
　　(2) potrete
　　(3) uscirà, telefonerà
　　(4) rimarremo
　　(5) verrai

2　(1) ⓐ　　　(2) ⓑ　　　(3) ⓒ

3　(1) Andrà al cinema.
　　(2) Pranzerà con Silvia.
　　(3) Finirà alle 11.

聽力

● (1) ③　　　(2) ③

閱讀

● (1) ⓐ festeggerò　　ⓑ inviterò
　　　ⓒ ci saranno　　ⓓ porteranno
　(2) ①, ③
　(3) 我等不及想要快點見到你。

第 16 課

文法

1　(1) faccia, mangi
　(2) dimentichiamo
　(3) sali, partiamo
　(4) dite

2　(1) Compralo!
　(2) Le mangi!
　(3) Ditegliela!
　(4) Parlami!

3　(1) Non fotografate!
　(2) Non fumare!
　(3) Non attraversiamo!
　(4) Non usate il cellulare!

聽力

● (1) ②　　　(2) ③

閱讀

● (1) ③, ④　　(2) 照 X 光片。

第 17 課

文法

1　(1) che　　　　(2) chi
　(3) con cui　　 (4) cui
　(5) tutto quello che

2　(1) Ho perso il cellulare che mia sorella mi ha regalato.
　(2) Le ragazze che mi hai presentato sabato sera sono simpatiche.
　(3) La pizza che abbiamo ordinato è veramente buona.

3　(1) Ogni　　　　(2) Qualche
　(3) Alcuni　　　(4) nessun
　(5) qualcosa

聽力

● ②, ①, ③

閱讀

● ⑤

第 18 課

文法

1　(1) era partito
　(2) era iniziato
　(3) avevano mangiato
　(4) avevo finito
　(5) avevo dimenticato

2　(1) stavi facendo
　(2) stavate parlando
　(3) stavo aspettando
　(4) stavamo guardando

3　(1) terzo　　　 (2) quinto
　(3) tre quarti　 (4) sesta

聽力

● (1) ⓑ　　　(2) ⓒ　　　(3) ⓐ

閱讀

● (1) ③
　(2) 去梵諦岡博物館欣賞米開朗基羅的作品。

第 19 課

文法

1　(1) vorremmo
　(2) piacerebbe
　(3) dovrebbe
　(4) sarebbe arrivata
　(5) avrei fatto

2 (1) le (2) ne
  (3) li, i (4) ne, i

3 (1) ⓓ (2) ⓔ (3) ⓑ
  (4) ⓐ (5) ⓒ

● (1) ② (2) ③

● (1) ③ (2) ④ (3) ②
  (4) ① (5) ⑤

1 (1) è, amata / viene, amata
  (2) è letta / viene letta
  (3) è stata scoperta
  (4) sono stati cucinati

2 (1) Ogni mattina la camera è/viene pulita da Marco.
  (2) I ladri sono stati arrestati dai carabinieri.
  (3) "La Gioconda" è stata dipinta da Leonardo Da Vinci.
  (4) In vacanza molte fotografie sono/vengono scattate sempre dai turisti.

3 (1) ⓑ (2) ⓐ (3) ⓒ

● (1) ④ (2) ②

● (1) ④ (2) ⓐ, ⓑ

第 1 課

聽力

(1) A Paulo, di dove sei?
    B Sono argentino, di Buenos Aires.

(2) A Di dove è Fabio?
    B Lui è italiano, di Modena.

(3) A Di dove sono Yuri e Tosio?
    B Loro sono giapponesi, di Tokyo.

(4) A Bryan, di dove sei?
    B Sono americano, di San Francisco.

(1) A 保羅，你是從哪裡來的？
    B 我是阿根廷人，來自布宜諾斯艾利斯。

(2) A 法比奧是從哪裡來的？
    B 他是義大利人，來自摩德納。

(3) A Yuri 和 Tosio 是從哪裡來的？
    B 他們是日本人，來自東京。

(4) A 布萊恩，你是從哪裡來的？
    B 我是美國人，來自舊金山。

閱讀

盧卡　你好！我是盧卡。
米娜　你好！我是米娜，很高興認識你。
盧卡　我也很高興認識你。
米娜　你是從哪裡來的？
盧卡　我是義大利人，來自比薩，你呢？
米娜　我來自台北。你是學生嗎？
盧卡　是的，我是學生。

第 2 課

聽力

Fabio　　　Francesca, tutto bene?
Francesca　Ciao Fabio, sto benissimo, grazie. E tu?
Fabio　　　Mah... oggi sto proprio male!
Francesca　Come mai?
Fabio　　　Ho mal di denti.

法比歐　　　法蘭雀絲卡，一切都好嗎？
法蘭雀絲卡　法比歐你好，我過得很好，謝謝。你呢？
法比歐　　　嗯…今天真的很不好。
法蘭雀絲卡　怎麼了？
法比歐　　　我牙齒很痛。

閱讀

米娜　你好，盧卡！
盧卡　你好，米娜！
米娜　你過得怎麼樣？
盧卡　我過得很好，謝謝。你呢？
米娜　還好。
盧卡　怎麼了？
米娜　我最近頭痛得很厲害。
盧卡　真糟糕。

第 3 課

聽力

Mina　Ciao, Paulo!
Paulo　Ciao, Mina! Come si chiama la ragazza alta?
Mina　Ah, lei è Susanna, la ragazza di Roberto.
Paulo　È molto bella. Com'è lei?
Mina　È una ragazza molto simpatica e anche intelligente.

米娜　你好，保羅！
保羅　你好，米娜！高個子的那位女孩名字是什麼？
米娜　啊，她是蘇珊娜。是羅伯特的女朋友。
保羅　真的很漂亮呢。她是什麼樣的人？
米娜　她是一位個性非常好，而且很聰明的女孩。

閱讀

蘇菲亞　那位帥的男生叫什麼名字？
路易吉　他的名字是法比歐。他是一位新學生。
蘇菲亞　他是從哪裡來的？
路易吉　他是西班牙人，是從馬德里來的。
蘇菲亞　（他）怎麼樣？
路易吉　他是個很開朗的男生。

第 4 課

聽力

A Quest'orologio è molto bello. Di chi è?
B È di Luigi, il fratello di Federico.

A 這支手錶真的很好看。這是誰的？
B 是費德里克他哥，路易吉的。

A 法比歐，你哥叫什麼名字？
B 他的名字是費德里克。
A 他有車嗎？
B 是，他的車非常大台，相反地，我的車很小台。
A 那麼，那輛紅色的車是誰的？
B 是基亞拉的。

第 5 課

聽力

A Dov'è la casa di Marco?
B È in via Nazionale.
A È vicino alla posta?
B No, vicino al parco e a destra dell'ospedale.

A 馬可的家在哪裡？
B 在民族街上。
A 在郵局附近嗎？
B 不，在公園附近，在醫院的右邊。

閱讀

(1) 咖啡廳在超市和銀行之間。
(2) 郵局在銀行對面。
(3) 書店在郵局的左邊。
(4) 超市在咖啡廳的後面。
(5) 樹在書店的旁邊。

第 6 課

聽力

A Fabio, quando è il compleanno di Maria?
B Questo venerdì.
A Quanti ne abbiamo oggi?
B Oggi è il 16 maggio.
A Allora il suo compleanno è il 18 maggio.

A 法比歐，瑪莉亞的生日是什麼時候？
B 這週五。
A 今天是幾號？
B 今天是 5 月 16 日。
A 那麼她的生日是 5 月 18 日。

閱讀

A 現在幾點了？
B 下午 3 點。
A 墨西哥城幾點？
B 8 點。
A 晚上嗎？
B 不，那邊是早上。墨西哥比義大利慢 7 個小時。
A 那麼韓國比墨西哥快 14 個小時。

第 7 課

聽力

(1) A A che ora ti alzi?
    B Mi alzo alle sei e mezzo.
(2) A A che ora comincia la lezione?
    B La lezione comincia alle 9.
(3) A A che ora pranzi?
    B Pranzo all'una.
(4) A A che ora vai a letto?
    B Vado a letto alle 11.

(1) A 你幾點起床？
    B 我 6 點半起床。
(2) A 課堂幾點開始？
    B 課堂 9 點開始。
(3) A 你幾點吃午餐？
    B 我 1 點吃午餐。
(4) A 你幾點上床睡覺？
    B 我 11 點上床睡覺。

閱讀

莎拉總是 7 點起床。當鬧鐘一響，她就馬上起床，並去洗澡。然後和她丈夫卡羅一起吃早飯。莎拉喝咖啡，卡羅喝茶。卡羅在讀報紙的時候，莎拉化妝。他們 8 點半搭公車。

第 8 課

聽力

(1) A Che cosa fa adesso Paolo?
　　B Sta correndo nel parco.

(2) A Che cosa fa adesso Daniele?
　　B Sta mangiando una pizza.

(3) A Che cosa fa adesso Fabio?
　　B Sta dormendo.

(4) A Che cosa fa adesso Roberto?
　　B Sta leggendo un libro.

(1) A 保羅現在正在做什麼？
　　B 他正在公園跑步。

(2) A 丹尼爾現在正在做什麼？
　　B 他正在吃披薩。

(3) A 法比歐現在正在做什麼？
　　B 他正在睡覺。

(4) A 羅伯特現在正在做什麼？
　　B 他正在讀書。

閱讀

我們是喬爾喬和路易莎。我們沒有很多的休閒時間。我們通常在晚上工作，工作結束之後，我們用電視看電影。我們每週日外出，偶爾在公園散步。

你好！我叫安娜。我很認真讀書，非常忙碌。我在休閒時間聽音樂、彈吉他。我週末時和朋友們一起出去。

第 9 課

聽力

A Reception, buongiorno.
B Senta, in camera non funziona l'aria condizionata. Può mandare qualcuno, per favore?
A Mi dispiace, ma il fine settimana il tecnico non lavora.
B Che disastro! Non funziona neanche il wi-fi, il bagno è sporco e il letto è scomodo! Voglio cambiare camera!

A 這是接待櫃台，您好。
B 那個啊，房間裡的冷氣無法運作。您能派人過來嗎？
A 不好意思，週末技師不上班。
B 真糟糕！無線網路也用不了，洗手間很髒，床也不是很舒服！我想換房間！

閱讀

A 你認識安琪拉嗎？
B 認識，我們很熟。她是我的室友。
A 可以把她的電話號碼給我嗎？我想邀請她今天晚上吃晚餐。
B 你會做菜嗎？
A 會，還不錯。但是你知道安琪拉是不是素食主義者嗎？
B 不，我不知道。我問問她吃不吃肉。

第 10 課

聽力

Sara　Alberto, domani è il compleanno di Maria. Voglio comprarle un regalo.
Alberto　Cosa vuoi regalarle?
Sara　Sto pensando a un mazzo di fiori.
Alberto　Anch'io devo comprarle un regalo. Cosa mi consigli?
Sara　Ti consiglio di comprarle un bel libro.
Alberto　Buona idea!

莎拉　艾伯特，明天是瑪莉亞的生日。我想送她一份禮物。
艾伯特　妳想送什麼禮物？
莎拉　我正在想（送她）花束。
艾伯特　我也得送她禮物，你能給我建議一下嗎？
莎拉　我建議你送她一本好書。
艾伯特　好主意！

閱讀

你好，我的名字是索妮雅。我是個活潑的女生。我喜歡運動。每週末我和朋友們一起打保齡球。我保齡球打得很好。我也喜歡做瑜珈。我每天早上和妹妹們做瑜珈，因為瑜珈有益健康。我不喜歡整天待在家裡。

第 11 課

聽力

A Questo autobus arriva all'aeroporto di Roma?

B Sì, deve scendere al capolinea.

A Quanto tempo ci vuole?

B Circa mezz'ora.

A 這台巴士會到羅馬機場嗎？

B 是的，您得在終點站下車。

A 需要多久時間？

B 需要半小時左右。

閱讀

安娜　　你好，孩子們，今天晚上要來我家嗎？

羅伯特　好，我要去。琳達妳呢？

琳達　　我也可以去，但是我得先去一趟洗衣店。

安娜　　那你覺得你幾點能到？

琳達　　8 點左右。會太晚嗎？

安娜　　沒問題！

羅伯特　但是…從大學到你家需要多久時間？

安娜　　走路 10 分鐘。

第 12 課

聽力

A Che cosa desidera?

B Vorrei tre etti di formaggio e due litri di latte.

A Le serve qualcos'altro? Oggi le fragole sono in offerta speciale.

B Quanto costano al chilo?

A 5 euro.

B Ok, prendo due chili di fragole e una bottiglia d'acqua.

A 您需要什麼？

B 我想要 300 公克的起司和 2 公升的牛奶。

A 您還需要其他的嗎？今天草莓在特價打折中。

B 一公斤多少錢？

A 5 歐元。

B 好的，我要買 2 公斤草莓和一瓶水

閱讀

Bianchi 女士　這個黑色的包包很貴呢。沒有更便宜的嗎？

店員　　　　這個紅色包包要 100 歐元，反之，這個黃色包包要 50 歐元。

Bianchi 女士　黑色的包包雖然比黃色的包包小，但沒有比較便宜。

店員　　　　是的，因為這是最新流行的。

Bianchi 女士　我需要一個大包包。我喜歡這個黃色的包包，這尺寸最大，而且也是最便宜的。

第 13 課

聽力

Ieri sono andata al cinema con mia sorella. Dopo il film siamo andate a fare shopping e poi abbiamo mangiato la pizza. Verso le 9 di sera siamo tornate a casa. Io ho fatto i compiti e mia sorella è andata a letto presto. Abbiamo passato una bella giornata.

昨天我和妹妹去了電影院。看完電影之後我們去逛街，然後吃了披薩。我們晚上 9 點左右回到家。我做了作業，而我妹妹很早就上床睡了。我們度過了愉快的一天。

閱讀

去年我去阿根廷旅行。我和朋友吉娜一起前往的。但是她一個禮拜後就得在回到義大利，我則是多停留了 10 天。我和吉娜造訪了幾個美麗的地方，遇到了許多好人。不幸的是，我們還是遭遇到一點問題，因為有人偷走了我的相機。

第 14 課

聽力

Quando ero piccolo, abitavo a Napoli. Avevo molti amici e con loro mi divertivo molto. Giocavo a calcio e suonavo qualche strumento. Mentre suonavo il pianoforte, mio fratello suonava la chitarra e i miei genitori cantavano.

我小時候住在拿坡里。我那時有很多朋友，並和他們一起玩得很開心。我那時會踢足球，也會演奏幾種樂器。當我在彈鋼琴的時候，我弟弟彈吉他，父母唱歌。

閱讀

A 瑪塔，妳 20 歲的時候是什麼樣子？那個時候的你，是否和現在不一樣？

B 不一樣，我當時非常瘦。頭髮很長，而且是金髮。還戴了眼鏡。我那時總是穿短裙，到哪都帶著紅色包包。

第 15 課

聽力

Fabio	Maria, hai un po' di tempo libero stasera?
Maria	Sì, stasera sono libera.
Fabio	Andiamo a mangiare una pizza?
Maria	Ottima idea!
Fabio	Chiediamo anche a Roberto?
Maria	Roberto andrà al cinema con Rossella.

法比歐 瑪莉亞，妳今天晚上有空嗎？

瑪莉亞 有啊，我今天晚上有空。

法比歐 我們要去吃披薩嗎？

瑪莉亞 很好的主意！

法比歐 要不要也問問羅伯特？

瑪莉亞 羅伯特要和蘿賽拉去看電影。

閱讀

親愛的保羅，

你過得怎麼樣？我寫信給你是想知道你下週六有沒有時間。我和朋友們要為我的生日慶生。我會邀請大學的同學們。當然會有食物和飲料，也會有很棒的音樂。馬可和我的室友也會帶遊戲機來。你一定要來！我等不及想要快點見到你。

露西亞敬上

第 16 課

聽力

A Marco, che c'è? Non ti senti bene?

B Ho un po' di mal di testa e anche il naso chiuso.

A Hai il raffreddore.

B È probabile... Cosa devo fare?

A Fa' una doccia calda e prendi un po' di vitamina C.

A 馬可，發生什麼事了？你身體不舒服嗎？

B 我頭有點痛，而且也鼻塞。

A 你感冒了啊。

B 好像是…我該怎麼做呢？

A 洗個熱水澡，然後吃點維他命 C 吧。

閱讀

醫生	您好，吉拉爾迪先生。請說！
吉拉爾迪先生	就是啊，我的腳踝很痛。
醫生	我會給您藥膏。請一天塗兩次。還有，少走點路。
吉拉爾迪先生	但是我明天得去考試啊！
醫生	請朋友開車載您。如果疼痛沒消失的話，就照個 X 光片吧。

第 17 課

聽力

① Deve attraversare la piazza e poi girare a sinistra.

② Deve andare sempre dritto.

③ Deve andare dritto fino al primo incrocio, poi girare a destra.

① 您得穿過廣場後向左走。

② 您得一直直走。

③ 您得一直走到第一個十字路口，然後右轉。

閱讀

這條路你一直直走到底，然後左轉。看到聖母大殿時，就向右轉。沿著一條名為「Via Roma」的大街繼續走 500 公尺，會看到它在你的右邊。

第 18 課

聽力

(1) Al fuoco! L'edificio è in fiamme.

(2) Al ladro! Mi hanno rubato la borsa.

(3) Mi sono rotto una gamba! Ho bisogno di un dottore.

(1) 失火了！建築物失火了。

(2) 小偷！他們偷走了我的錢包。

(3) 我斷了一條腿！我需要一名醫生。

閱讀

親愛的蘇珊娜，

我昨天抵達了羅馬。今天早上我參觀了羅馬的市中心，我得說羅馬確實是一座擁有許多古代遺跡的城市。午餐時，我和幾名朋友去一家餐廳吃飯，他們烹煮的魚料理非常好吃，但如你所知，我不喜歡魚。事實上，我點了一份披薩，它真的非常好吃。如果明天和今天一樣天氣好的話，我會去看羅馬競技場。但是如果下雨的話，我會去梵蒂岡博物館欣賞米開朗基羅的傑作。

艾瑪上

第 19 課

聽力

A Desidera?

B Vorrei un caffè macchiato e un cornetto.

A Il cornetto alla marmellata o alla cioccolata?

B Non ci sono i cornetti alla crema?

A No, mi spiace, li abbiamo finiti.

B Allora prendo quello alla cioccolata. E potrei avere anche un bicchiere d'acqua?

A Certo.

A 您想要什麼呢？

B 我想要一杯瑪奇朵咖啡和一個牛角麵包。

A 加果醬的牛角麵包，還是巧克力牛角麵包呢？

B 沒有奶油牛角麵包嗎？

A 沒有，對不起，那個我們已經賣完了。

B 那我要巧克力頌麵包。還有，可以給我一杯水嗎？

A 當然。

閱讀

客人 不好意思，請問有空位嗎？我們有兩個人。

服務生 當然，你們可以坐這裡。這是菜單。

幾分鐘後

服務生 你們要點餐了嗎？

客人 我們想要卡波納拉義大利麵和青醬千層麵。

服務生 你們想要搭配什麼配菜呢？

客人 請給我混合沙拉。

服務生 想喝什麼呢？

客人 請給我一瓶礦泉水。謝謝。

服務生 你們想要飯後甜點或咖啡嗎？

客人 沒關係。能給我們帳單嗎？

第 20 課

聽力

(1) Questo è uno degli elettrodomestici. Si usa per conservare gli alimenti. Grazie a questo è possibile mantenere i cibi freschi a lungo.

(2) Questo è uno strumento di trasporto. Si usa per salire al piano superiore o scendere al piano inferiore. È vietato usarlo in caso di incendio.

(1) 這是一種家電產品。用來儲存食物。多虧這個，能夠讓食物長時間保持新鮮。

(2) 這是一種交通工具。在上樓或下樓時使用。在火災時禁止使用。

閱讀

派翠西亞

我們度過了完美的三天。房子非常漂亮，而且很寬敞。從中央車站步行要十分鐘。抵達市中心很方便，在 50 公尺以外的地方有公車站。

安德烈

我很喜歡這個公寓。但是冷氣無法正常運作，需要儘快修理。

瑪利歐

Casa di Donatella 位於一個非常安靜的地區。房屋最近整修。唯一的問題就是網速很慢。

E

F

台灣廣廈 國際出版集團
Taiwan Mansion International Group

國家圖書館出版品預行編目（CIP）資料

我的第一本義大利語課本/崔禎倫著.
-- 初版. -- 新北市：國際學村出版社, 2023.09
面；　公分
ISBN 978-986-454-299-4

1.CST: 義大利語 2.CST: 讀本

804.68　　　　　　　　　　　　112011170

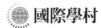 國際學村

我的第一本義大利語課本

作　　　者／崔禎倫　　　　　　編輯中心編輯長／伍峻宏
譯　　　者／魏詩珈　　　　　　編輯／古竣元
　　　　　　　　　　　　　　　封面設計／林珈伃・內頁排版／菩薩蠻數位文化有限公司
　　　　　　　　　　　　　　　製版・印刷・裝訂／東豪・弼聖・秉成

行企研發中心總監／陳冠蒨　　　線上學習中心總監／陳冠蒨
媒體公關組／陳柔彣　　　　　　數位營運組／顏佑婷
綜合業務組／何欣穎　　　　　　企製開發組／江季珊・張哲剛

發　行　人／江媛珍
法　律　顧問／第一國際法律事務所 余淑杏律師・北辰著作權事務所 蕭雄淋律師
出　　　版／國際學村
發　　　行／台灣廣廈有聲圖書有限公司
　　　　　　地址：新北市235中和區中山路二段359巷7號2樓
　　　　　　電話：（886）2-2225-5777・傳真：（886）2-2225-8052
讀者服務信箱／cs@booknews.com.tw

代理印務・全球總經銷／知遠文化事業有限公司
　　　　　　地址：新北市222深坑區北深路三段155巷25號5樓
　　　　　　電話：（886）2-2664-8800・傳真：（886）2-2664-8801
郵政劃撥／劃撥帳號：18836722
　　　　　　劃撥戶名：知遠文化事業有限公司（※單次購書金額未達1000元，請另付70元郵資。）

■出版日期：2023年11月　　　　ISBN：978-986-454-299-4